BITCOIN
ET AUTRES
CRYPTOMONNAIES

Avertissement au lecteur

Cet ouvrage a vocation à donner des outils de compréhension de la cryptomonnaie, du vocabulaire technique qui lui est associé et des technologies mises en œuvre. Il n'a, en aucun cas, vocation à fournir des conseils particuliers en matière d'investissement. Si vous souhaitez en savoir davantage sur vos démarches d'investissements, demandez conseil à un spécialiste.

Tout investissement présente un risque de perte en capital. Les auteurs et l'éditeur déclinent toute responsabilité concernant tout dommage, notamment d'ordre financier et commercial, pouvant être subi du fait des investissements réalisés en lien avec le présent ouvrage.

Textes : **© Cryptoast, sous la direction de Robin Berné**, avec la participation de **Clément Wardzala**, **Valentin Demé**, **Alexis Nouaille** et **Thomas Herbst**

Direction de la publication : **Isabelle Jeuge-Maynart** & **Ghislaine Stora**
Direction éditoriale : **Nathalie Viard**
Responsable d'édition : **Thierry Olivaux**
Édition, recherche iconographique : **Muriel Villebrun**
Illustrations : **Gurvan Lecointre**, **Alain Boyer**

Conception graphique : **L'Agence de presse**
Adaptation et mise en page : **Istria**
Direction artistique : **Melissande Mestas**
Couverture : **Frédéric Manlay**
Fabrication : **Émilie Latour**

ISBN : 978-2-03-601072-7

Cryptoast

BITCOIN
ET AUTRES CRYPTOMONNAIES

Bien comprendre avant d'investir

SOMMAIRE

INTRODUCTION

« Si vous ne me croyez pas ou ne comprenez pas, je n'ai pas le temps d'essayer de vous convaincre, désolé. » C'est ce qu'écrit Satoshi Nakamoto le 29 juillet 2010, pseudonyme derrière lequel se cachent le ou les créateurs de Bitcoin.

Chez Cryptoast, depuis 2017, nous nous efforçons de rendre cet univers plus compréhensible au travers d'articles, vidéos et podcasts explicatifs. Notre philosophie : aider à démocratiser la cryptomonnaie.

La majorité des personnes qui débutent dans les cryptomonnaies le font pour l'appât du gain puis disparaissent lorsque les cours chutent. Dans ce livre, vous ne trouverez pas de prédictions de prix, ni de cryptomonnaies qui verront leurs cours multipliés par 100 dans les prochains mois.

Ce livre réunit nos connaissances sur le Bitcoin et les cryptomonnaies et s'adresse à ceux qui font l'effort d'aller plus loin, de mieux comprendre l'intérêt, le fonctionnement et les impacts de ces nouvelles technologies. Puisqu'avant d'investir dans quelque chose, il est toujours conseillé de le comprendre !

Les cryptomonnaies sont les monnaies d'Internet mais aussi l'Internet des monnaies. Internet est sans frontières, sans limites, utilisable par n'importe qui, mais n'a jamais eu de monnaies globales pour son réseau. C'est maintenant chose faite. Des cryptomonnaies inarrêtables comme le Bitcoin révolutionnent la monnaie comme Internet a révolutionné l'information.

Partez à la découverte de cet incroyable univers qui se développe et évolue à une vitesse folle !

CHAPITRE 1

HISTOIRE DE LA MONNAIE ET DES CRYPTOMONNAIES

Qu'est-ce que la monnaie ?

Pour comprendre l'intérêt du Bitcoin et des cryptomonnaies, il est nécessaire de rappeler ce qu'est la monnaie. Mais aussi pourquoi on l'utilise, comment elle est créée et en quoi elle permet à l'économie de fonctionner.

La monnaie est un moyen de se passer du troc pour échanger des produits ou des services. Elle permet de simplifier le commerce et aussi de fixer des prix. C'est un bien qu'on acquiert non pas pour être consommé, mais pour l'échanger contre d'autres biens.

Sans monnaie, si Jacques veut acheter une baguette à Mathilde, il va devoir trouver quelque chose à lui échanger. Ce n'est pas évident quand on échange deux marchandises entre elles. En effet, si Jacques propose une poule à Mathilde, cette dernière ne saurait pas quoi en faire et refuserait probablement la transaction. Elle aurait du mal à évaluer combien une poule vaut de baguettes et contre quoi elle pourrait l'échanger dans trois jours.

Pour effectuer un échange, on dit qu'il faut une coïncidence des besoins dans le temps et dans l'espace. Le troc ne peut se faire que dans un espace restreint. Il faut connaître la personne avec qui on échange, être au même endroit qu'elle et être d'accord pour échanger deux choses différentes entre elles (des biens, des matières premières, des services, etc.).

La monnaie permet de faciliter les transactions, car on sait qu'on pourra toujours l'échanger contre autre chose ensuite et on peut calculer plus facilement la valeur d'un bien ou d'un service. Le troc existe encore aujourd'hui et il existera toujours, mais il n'est que rarement pratiqué de nos jours.

La monnaie est quelque chose de personnel. Par exemple, en prison, les cigarettes sont souvent considérées comme de la monnaie, car elles sont une denrée rare. L'unité d'échange peut être n'importe quoi tant que les deux parties sont d'accord pour utiliser la même chose et qu'on peut l'utiliser pour déterminer les prix.

Les trois principaux rôles

On considère depuis l'antiquité (et Aristote en particulier) que la monnaie doit avoir trois fonctions : celle d'unité de compte (étalon), celle de réserve de valeur et celle de moyen d'échange.

La monnaie doit être facilement divisible pour répondre aux besoins de petits et de gros achats. Elle doit être facilement transportable pour permettre les échanges lors de voyages par exemple.

Il faut aussi qu'elle soit acceptée par les gens comme moyen de paiement, qu'une confiance soit instaurée auprès d'une population donnée.

Enfin, il faut que la monnaie conserve sa valeur dans le temps pour permettre l'épargne. Si la monnaie est susceptible de perdre sa valeur en quelques jours, peu de personnes l'accepteront de manière volontaire. Il faut aussi une monnaie qui ne se détériore pas (qui ne peut pas s'user ou disparaître).

C'est également mieux si la quantité de monnaie en circulation ne peut pas augmenter de manière brutale. Dans le cas contraire, cela aurait pour conséquence de diminuer le pouvoir d'achat de l'épargnant.

Qu'est-ce que le pouvoir d'achat ?

« Le pouvoir d'achat correspond à la quantité de biens et de services qu'un revenu permet d'acheter. Le pouvoir d'achat dépend alors du niveau du revenu et du niveau des prix[1]. »

Bruno Colin, historien de la monnaie, ajoute un quatrième rôle à la monnaie. Pour lui, elle est également un support politique. Celui qui crée la monnaie détient un pouvoir politique puissant. Il a ainsi la possibilité de financer de nombreuses choses comme la construction d'hôpitaux ou la levée d'une armée. La monnaie peut également être un instrument de communication, les souverains apposant leurs portraits sur les pièces.

Le choix de l'or

Tout au long de l'histoire, de nouvelles monnaies ont chassé les anciennes. Les gros cailloux, trop faciles à trouver et difficilement transportables, ont été remplacés par les coquillages. L'or a chassé les coquillages, car celui-ci est bien plus rare et offre de nombreux autres usages, en plus d'être inaltérable. On disait alors que la bonne monnaie chasse la mauvaise. La loi de Gresham dit tout l'inverse, « la mauvaise monnaie chasse la bonne » car les gens préfèrent conserver la bonne monnaie et s'échanger celle perçue comme mauvaise pour s'en débarrasser.

On appelle *monnaie dure* une monnaie qu'il est difficile de créer, comme l'or par exemple. Logiquement, c'est ce type de monnaie qui a le plus de chance de remplir son rôle de réserve de valeur, car il est très compliqué d'en créer ou d'en trouver.

1. Source : www.economie.gouv.fr/facileco/pouvoir-achat-definition

Si d'un seul coup des millions de tonnes d'or se déversaient sur la Terre, le prix de l'or chuterait inexorablement, et le métal jaune perdrait alors son atout le plus précieux : sa rareté.

Il faut en outre que cette monnaie soit *fongible*, c'est-à-dire qu'une pièce ait la même apparence et la même valeur qu'une autre.

Qu'est-ce qu'une réserve de valeur ?

Quelque chose est considéré comme une réserve de valeur lorsqu'on peut la conserver pour reporter ses achats dans le temps. Plus une monnaie arrive à conserver son pouvoir d'achat dans le temps, plus elle constitue une bonne réserve de valeur.

L'or a été la principale forme de monnaie pendant plus de deux mille ans, depuis le roi grec Crésus jusqu'au début du xxe siècle[1]. D'autres métaux précieux ont également été utilisés comme l'argent, le bronze ou le cuivre, mais l'augmentation progressive de la quantité extraite de ces métaux a fait diminuer leur valeur. Les pièces avaient une valeur intrinsèque, cette dernière étant proportionnelle à la quantité d'or ou d'argent qu'elle renfermait.

C'est à partir du xixe siècle qu'il est devenu possible d'échanger des billets contre de l'or. Pour chaque billet émis, il devait y avoir un montant d'or correspondant conservé quelque part. C'est la période qu'on appelle *l'étalon or*.

Pour en apprendre davantage sur l'histoire de la monnaie, l'étalon or et le rôle que peut jouer Bitcoin comme intermédiaire financier, nous vous conseillons le livre *Étalon Bitcoin* de Saifedean Ammous (Maison du Dictionnaire/dicoland, 2019).

1. Ammous Saifedean, *Étalon Bitcoin*, Maison du Dictionnaire/dicoland, 2019.

Qu'est-ce que l'étalon or ?

Système monétaire où la monnaie est basée sur l'or. Les gouvernements n'ont aucun contrôle sur le volume d'or dans leur économie. Les individus peuvent, à tout moment, échanger leurs pièces, billets, papiers contre de l'or physique.

Le déclin de l'or

Les XVIIIe et XIXe siècles ont été considérés comme les époques les plus prospères. D'après Ludwig Von Mises, « l'étalon-or a été l'étalon monétaire mondial de l'âge capitaliste, où grandirent le bien-être, la liberté et la démocratie, tant politique qu'économique. [...] Il a accompagné dans leur triomphe les progrès sans précédent du libéralisme occidental, prêt à unir toutes les nations en une communauté de nations libres coopérant pacifiquement les unes avec les autres[1]. »

Même si l'étalon or a permis au monde de connaître une monnaie dure quasi idéale, il présentait quand même des défauts. Il n'est pas pratique de réaliser des paiements physiques en or, car celui-ci est très encombrant. En définitive, l'or n'était impliqué que dans un faible nombre de règlements. Il était principalement stocké dans quelques lieux sécurisés tels que les banques et les banques centrales, permettant un meilleur contrôle de la monnaie par les États.

Début 1900, environ cinquante pays utilisaient l'étalon or et quasiment toutes les nations avaient recours aux pièces d'or comme principal moyen d'échange. Les États ont pu progressivement faire accepter leurs monnaies fiduciaires (billets, papiers, pièces) grâce à leur détention d'or.

Les monnaies nationales

En 1914, alors qu'éclate la Première Guerre mondiale, l'étalon or disparaît. Peu de temps après le déclenchement du conflit, la majorité des belligérants ont arrêté l'étalon or et ont imposé une monnaie étatique, celle-ci étant le plus souvent fiduciaire car frappée en nickel, maillechort, cuivre, zinc ou aluminium. Cela a permis aux gouvernements de pouvoir facilement augmenter la quantité de monnaie disponible afin de financer plus aisément l'effort de guerre. Il est beaucoup plus facile d'émettre de la nouvelle monnaie plutôt que de lever des impôts ou d'utiliser ses réserves monétaires. Si vous levez trop d'impôts, les gens se révoltent. Lorsque de la

1. Mises Ludwig (von), *L'Action humaine, traité d'économie*, PUF, 1949.

nouvelle monnaie est créée, les effets sont pervers. Ils sont beaucoup plus longs à se faire ressentir. Il est probable que la Première Guerre mondiale n'aurait duré que quelques mois si les États avaient conservé l'étalon or. Plusieurs pays auraient manqué de financement et auraient probablement capitulé.

À la fin de la Première Guerre mondiale, en 1918, les pays qui avaient abandonné l'étalon or ont envisagé d'y revenir, mais ils ont finalement décidé de conserver un système de monnaies nationales, l'inflation ayant rendu impossible le maintien de la convertibilité en or de leurs monnaies avec des taux d'avant guerre.

Les taux de change entre les différents pays sont dès lors décidés via des accords internationaux. C'est ce qu'on appelle les taux de change flottants. Les cours de la livre britannique, du mark allemand, du franc français et d'autres monnaies chutèrent par rapport au dollar américain qui conserva l'étalon or. Les États-Unis l'abandonnèrent quelques années plus tard, entre 1933 et 1934, en interdisant même aux Américains de détenir de l'or. Seuls les États étrangers et les banques centrales pouvaient alors convertir leur or en dollars et inversement.

Montée en puissance du dollar

Suite à la Seconde Guerre Mondiale, les États-Unis sont parvenus à faire du dollar la monnaie de réserve et des échanges internationaux. Les devises des autres pays étaient convertibles en dollars, à un taux fixe. Le dollar était toujours convertible contre de l'or, également à taux fixe. Pendant ce temps-là, les citoyens américains n'avaient toujours pas le droit de posséder de l'or. Ce sont les accords de Bretton Woods de 1945 qui désignèrent le dollar comme la monnaie mondiale. Le FMI (fonds monétaire international) est créé au même moment. Son objectif est de remplacer l'étalon or en essayant de fixer des taux de change pour maintenir une stabilité monétaire entre les différents pays. « Les principales banques centrales tentent de coordonner leurs politiques monétaires et économiques, d'harmoniser les taux d'inflation et d'établir les taux de change[1]. » D'après Murray Rothbard, économiste américain de l'école autrichienne, cela entraînera des taux de change fixes et changeants, ce qui débouchera sur de nombreux problèmes.

La convertibilité des pièces et des billets en or a été supprimée en 1971 par le président américain Richard Nixon. Il était encore possible jusqu'à cette époque d'échanger ses pièces et ses billets contre de l'or. Depuis, nous vivons avec une monnaie complètement fiduciaire.

1. Mombynes Yorick (de), « Les changements de régimes monétaires au XXe siècle », *Contrepoints*, www.contrepoints.org/2021/04/10/371884-les-changements-de-regimes-monetaires-au-xxe-siecle

La fin de la convertibilité en or

En 1968, le dollar américain a été réévalué par rapport à l'or à cause de la forte inflation (accroissement de monnaie qui entraîne une perte de pouvoir d'achat) aux États-Unis. Le dollar avait perdu de la valeur ; le lingot d'or s'échangeait contre une quantité de dollars toujours plus grande. Certains pays, dont la France, commencèrent à rapatrier leur or qu'ils avaient envoyé là-bas pendant la Seconde Guerre mondiale. Voyant leur stock d'or baisser à vue d'œil, les États-Unis annoncèrent la fin de la convertibilité.

Une dématérialisation progressive

Les billets et les pièces n'ont aucune valeur intrinsèque. C'est-à-dire que la valeur d'un billet ou d'une pièce en tant que matière première est proche de zéro : il s'agit simplement de papier et de métal. On parle de monnaie fiduciaire, car c'est une monnaie à qui on confère de la valeur alors qu'elle n'en a pas. La valeur qu'on attribue à cette monnaie est uniquement liée à la confiance qu'on accorde aux banques, aux banques centrales et aux États qui les émettent.

À l'heure actuelle, la majorité de la monnaie n'est plus papier, mais *scripturale*. Elle se caractérise par une écriture dans un compte en banque ou de la monnaie électronique. On estime d'ailleurs que plus de 90 % de la monnaie dans la zone euro est scripturale[1].

Nous nous échangeons de l'argent quasi exclusivement via des virements bancaires, grâce à des applications de paiement installées sur les smartphones comme Apple Pay, PayPal ou Lydia par exemple, et par cartes bancaires. Ce sont simplement des lignes de code qui font apparaître ou disparaître des chiffres sur un écran.

Et la crise sanitaire du Covid-19 a accéléré l'adoption massive de la technologie du paiement sans contact pour régler même de petits achats.

1. Source : Banque de France, https://abc-economie.banque-france.fr/sites/default/files/medias/documents/qui-cree-monnaie.pdf

Monnaie fiat et monnaie fiduciaire

Quelles différences entre ce qu'on appelle monnaie fiat et monnaie fiduciaire ? Le terme « fiat » provient du latin *facere* et signifie « ordre » ou « autorisation ». C'est une monnaie qui est imposée en tant que cours légal par un gouvernement. Le mot fiduciaire vient du latin *fiducia* qui signifie « confiance ». La valeur d'une monnaie fiduciaire repose sur la confiance qu'on lui accorde et non sur ses propriétés physiques ou sa valeur intrinsèque (coût de la matière première et coût de fabrication).

Pour en savoir plus, vous pouvez consulter cet article : https://cryptoast.fr/monnaie-fiat-definition-explications/

Plus de 90 % de la monnaie est aujourd'hui virtuelle, de sorte que si trop de personnes souhaitaient retirer leurs économies au distributeur, il n'y en aurait pas assez pour tout le monde. Eh oui, le montant qui est inscrit sur votre compte bancaire ne correspond pas au montant en billets et pièces disponibles dans les coffres de votre banque ! Les banques ne possèdent pas non plus dans leurs coffres l'équivalent en or ou autre actif de la monnaie scripturale et physique émise, ce qui était en partie le cas avant la suppression de l'étalon or en 1971.

Fabriquer de l'argent aujourd'hui

Mais alors, comment la monnaie est-elle créée dans le monde actuel ?

Deux principaux acteurs créent de l'argent : les banques centrales et les banques commerciales. Il existe aussi deux types de monnaies en circulation. La première est scripturale, elle correspond aux promesses faites par les banques commerciales. Ce sont les montants inscrits sur vos comptes bancaires. La seconde est la monnaie centrale, elle correspond aux pièces et aux billets qu'on s'échange et aux montants sur les comptes des banques commerciales auprès des banques centrales.

Lorsque les banques centrales créent de l'argent, elles n'ont de compte à rendre à personne. Les banques centrales sont censées être indépendantes des États et ne pas recevoir d'ordres des gouvernements. L'argent créé peut être ensuite injecté dans l'économie via le rachat de titres (dette publique par exemple), d'actions et d'autres façons.

Les banques commerciales créent de l'argent d'une autre manière. Il n'arrive quasiment jamais que l'argent qu'on vous prête soit issu du dépôt d'autres personnes. Lorsque vous faites une demande de prêt, la banque va simplement créer l'argent à partir de rien et vous le créditer sur votre compte en banque. On parle de création monétaire *ex nihilo*. Les banques commerciales ont leurs propres planches à billets. Elles créent de l'argent en accordant des crédits et elles en détruisent quand les crédits sont remboursés. Vous l'aurez compris : pour créer de la monnaie, il faut que des gens fassent des demandes de crédits et que les banques les acceptent.

Les banques centrales veillent à ce que les banques ne fassent pas n'importe quoi et imposent un pourcentage de réserve minimum. Ce pourcentage est défini à 1 % dans la zone euro. C'est-à-dire que lorsque les banques commerciales prêtent 100 euros, elles doivent conserver une réserve de 1 euro au minimum. Les banques commerciales font ensuite ce qu'elles veulent. La plupart des banques commerciales conservent un pourcentage bien plus important qu'1 %, plutôt aux alentours de 20 %. La banque centrale ne contrôle donc pas la quantité de monnaie en circulation, mais le montant maximal qu'il peut y avoir.

Le montant qui est inscrit sur votre compte bancaire correspond à une dette de votre banque envers vous. C'est une promesse de mise à disposition des fonds lorsque vous en faites la demande. Cela signifie que votre argent ne vous appartient pas, vous n'en êtes pas le propriétaire et faites confiance à votre banque.

Loin de nous l'idée de vous faire peur et d'affirmer que (toutes) les banques sont au bord de la faillite et ne sont pas dignes de confiance ! Elles sont tout de même bien utiles quand on ne souhaite pas se balader avec de grosses sommes d'argent liquide sur soi.

Puisqu'il est impossible d'expliquer en quelques pages la création monétaire et le fonctionnement de l'économie et de la finance, nous vous conseillons le très bon ouvrage *Tout sur l'économie (ou presque)* d'Heu?reka (Payot, 2020). Vous pouvez également consulter la chaîne YouTube d'Heu ?reka : www.youtube.com/channel/UC7sXGI8p8PvKosLWagkK9wQ

Le saviez-vous ?

L'épargne déposée sur les comptes bancaires est garantie par l'État à hauteur de 100 000 euros. Si la banque fait faillite, l'État s'engage à vous rembourser jusqu'à 100 000 euros. C'est le Fonds de Garantie des Dépôts qui indemnisera les personnes lésées. Cependant, le montant de ce fonds est de 5,326 milliards d'euros au 31 décembre 2020. Bien loin donc des 2 000 milliards d'euros d'épargne des Français. L'État – donc les Français – pourrait-il combler le reste ?

Désordres monétaires

Il est important toutefois de souligner les risques et les effets pervers du système financier actuel. Il n'y a jamais eu autant de désordres monétaires qu'aux XXe et XXIe siècles, principalement créés par les manipulations des États au nom de l'intérêt général. D'après Friedrich Hayek, prix Nobel d'économie en 1974, les cycles économiques sont créés par la manipulation de la monnaie.

Perte du pouvoir d'achat du dollar entre 1913 et 2020

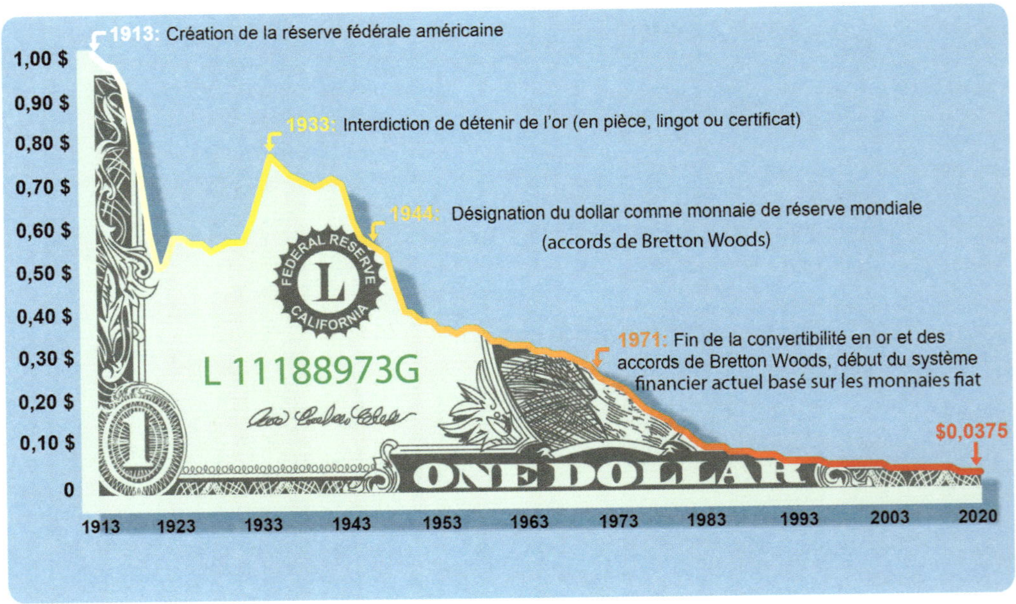

Le pouvoir d'achat du dollar décroît inexorablement depuis plus d'un siècle. Il a perdu plus de 96 % de sa valeur de 1913 ! Le phénomène d'érosion de la valeur du billet vert s'est poursuivi ces dernières années. Depuis 2003, le recul est d'un tiers.

Source : U.S. Bureau of Labor Statistics et https://www.in2013dollars.com/us/inflation/1913

Cela se reflète dans l'accroissement quasi exponentiel de la masse monétaire M2 des États-Unis au cours des quarante dernières années (voir ci-dessous). M2 regroupe non seulement les pièces et les billets en circulation et la monnaie scripturale sur les comptes courants, mais aussi les comptes d'épargne, les livrets (A, LDDS...), les fonds communs de placement de détail, les dépôts à terme, etc.

La masse monétaire M2 est utilisée en tant qu'indicateur de la hausse ou de la baisse potentielle du niveau d'inflation.

Accroissement de la masse monétaire aux États-Unis

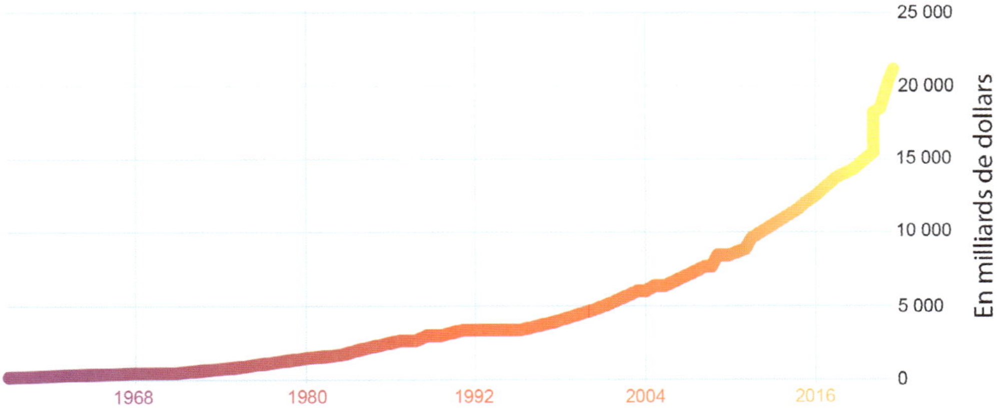

Source : https://fr.tradingeconomics.com/united-states/money-supply-m2

L'inflation relevée est bien plus faible que l'inflation de la masse monétaire. D'après l'Insee, l'inflation n'a jamais dépassé plus de 3 % depuis les années 1990. Cependant, le calcul est contestable, le loyer des logements n'est pris en compte qu'à hauteur de 6 % par exemple[1] tandis que les prix de l'immobilier ne sont donc pas pris en compte directement, l'Insee considérant que l'achat d'un logement est un investissement et non une dépense de consommation.. Suite à la pandémie liée au Covid-19, nous constatons une inflation principalement sur les matières premières et certains produits fin 2021-début 2022 au moment où nous écrivons ces lignes.

Il y a beaucoup d'effets négatifs, mais tout n'est pas noir ou blanc. Le fait de pouvoir influer sur la quantité de monnaie en circulation peut être bénéfique dans certains cas. Sans des politiques monétaires très accommodantes, la crise liée au Covid-19

1. Source : www.insee.fr/fr/statistiques/4126450

aurait eu des conséquences immédiates catastrophiques. Cependant, il est possible que les effets sur le plus long terme soient encore pires.

La création monétaire peut permettre de financer des dépenses sociales ou écologiques plus difficilement finançables avec du bitcoin ou d'autres cryptomonnaies. Mais il est compliqué de déterminer si ce type de financement est bénéfique sur la durée.

Qu'est-ce qu'une cryptomonnaie ?

C'est un actif numérique qu'on utilise et qu'on échange sur Internet. Les cryptomonnaies n'ont pas de support physique (pièce, billet...). Elles s'échangent directement d'une personne à une autre, c'est-à-dire sans intermédiaire, tiers de confiance comme des banques ou d'autres acteurs. Aucune autorité ou banque centrale ne gère le fonctionnement des cryptomonnaies qui sont indépendantes pour la plupart. Elles le sont grâce à l'utilisation de protocoles crypto-graphiques et d'autres technologies comme la blockchain.

On pourrait d'ailleurs parler de crypto-actifs car toutes les cryptomonnaies ne se veulent pas des moyens de paiement. Les crypto-actifs permettent de créer de la rareté dans un monde numérique, lorsqu'on envoie une cryptomonnaie ou un crypto-actif, nous ne le possédons plus mais c'est la personne à qui nous l'avons envoyé qui le détient. Ce n'est pas le cas lorsqu'on envoie un document, une photo ou une vidéo par email : la personne qui l'envoie conserve également le fichier, ce qui ne permet pas d'échanger de la valeur.

N'importe qui peut utiliser les cryptomonnaies sans révéler son identité, il n'y a aucune condition à remplir. Aucun acteur n'est censé pouvoir empêcher quelqu'un de dépenser ses cryptomonnaies ; il ne doit pas, et ne peut pas, y avoir de censure.

Internet à totalement transformé la manière dont on produit et on échange de l'information. Cela a sûrement été le plus grand changement dans l'histoire de l'humanité depuis l'invention de l'imprimerie. Qui aurait pu imaginer au début du Web (fin des années 1980 début des années 1990) qu'il existerait des plateformes comme YouTube, Netflix, Facebook ou Amazon ? Le fait d'envoyer une photo par Internet dans les années 1990 était déjà un exploit.

Cependant, certains acteurs ont centralisé Internet et ont acquis un pouvoir de vie ou de mort sur des milliers d'entreprises. Si Google choisit de ne plus référencer un site, l'impact sur la santé de la société s'en ressentira. Si Apple choisit de supprimer ou de ne pas accepter une application sur Apple Store, cela peut être handicapant ou réduire à néant le développement d'une société. Les cryptomonnaies pourraient permettre l'émergence de nouveaux modèles décentralisés, empêchant certains acteurs de prendre le pouvoir sur d'autres.

Avec Internet, on produit et on partage de l'information pour un coût proche de zéro. Cela a révolutionné le monde des médias. N'importe qui peut désormais produire et diffuser de l'information auprès d'un nombre important de personnes. Ce privilège n'est plus réservé aux seuls journaux et à la télévision. Internet n'a pas révolutionné la manière dont on s'échange de la valeur. Les virements bancaires restent encore très lents (même s'il existe maintenant le virement instantané, qui n'est pas encore disponible dans toutes les banques et qui entraîne souvent des frais). On ne peut pas faire de micro-paiements via Internet. Pourquoi ? Parce que de nombreux intermédiaires prennent leurs commissions au passage. Saviez-vous que, pour une transaction en carte bancaire, ce sont près de douze intermédiaires qui sont sollicités ?

La valeur ne s'échange pas aussi facilement que l'information, car il y a de gros risques de vols ou de piratages. En effet, il est bien plus complexe de mettre en place une telle architecture, car celle-ci demande une sécurité exemplaire. C'est pour cela que nous faisons appel à des intermédiaires.

Bitcoin, une des premières cryptomonnaies, permet de transférer de la valeur sur Internet plus ou moins rapidement, de manière programmable, avec très peu de frais et sans intermédiaire, directement d'une personne à une autre.

Des frais records

Le 1er avril 2020, plus de 100 000 bitcoins sont transférés d'un portefeuille à un autre. D'une valeur de 634 millions de dollars à l'époque, le transfert n'aura coûté que 0,26 dollars. Le transfert a été réalisé par une société spécialisée dans le stockage de bitcoins : Xapo.

Christine Lagarde, présidente de la Banque centrale européenne, répète depuis longtemps que Bitcoin et les cryptomonnaies ne sont que des outils de spéculation. Cependant, tout le monde ne partage pas ce point de vue, surtout depuis septembre 2020, lorsque le Salvador, petit pays d'Amérique centrale a adopté officiellement le Bitcoin comme monnaie légale sur son territoire. D'autres pays pourraient bien emprunter le chemin de la légalisation du bitcoin dans les prochains mois ou années. Les arguments proposés dans le discours des opposants présentent certaines incohérences. Si on estime que pour être considérées comme des monnaies, Bitcoin et les autres cryptomonnaies doivent être reconnues par l'État, alors elles n'en sont pas. En France tout du moins. En effet, le droit français précise que la monnaie est ce que la Loi désigne comme telle[1]. Or, on dit souvent que le Bitcoin est la monnaie du *darknet* (sites Internet accessibles uniquement par un navigateur spécifique). Cependant, ces transactions occultes ne représentent qu'une minuscule partie des échanges. Des montants énormes transitent chaque jour sur le réseau Bitcoin, plus que via de nombreux intermédiaires financiers comme PayPal par exemple. Les plateformes qui permettent l'achat, la vente et l'échange de cryptomonnaies sont soumises à des régulations de plus en plus strictes. Parfois davantage que celles auxquelles sont soumis certains établissements ou organismes bancaires.

Il est tout de même important de rappeler que Bitcoin et les autres cryptomonnaies ne sont pas encore matures. Ils ne répondent pas à toutes les caractéristiques nécessaires d'une monnaie comme celle de constituer une réserve de valeur sur le court terme, par exemple. La volatilité de ces cryptomonnaies est extrêmement élevée. Ce qui est normal pour des actifs aussi jeunes. N'oublions pas que Bitcoin n'a officiellement été lancé qu'en 2009. En revanche, sur le long terme (plus de trois ans), la valeur d'un bitcoin s'est toujours appréciée.

Alors, peut-on considérer que les cryptomonnaies sont des monnaies ? Est-il étonnant que les États, banquiers et banquiers centraux ne veulent pas considérer Bitcoin et les cryptomonnaies comme des monnaies ? Probablement pas... Quelle opinion pensez-vous que les chauffeurs de taxi ont d'Uber ? Les hôteliers d'Airbnb ?

Les cryptomonnaies restent à un stade expérimental et pourraient bien être un échec. Dans tous les cas, il s'agit d'un processus qui prendra beaucoup de temps à se mettre en place, nous n'en sommes encore qu'aux débuts et nous ne savons pas où tout cela va nous mener. Lorsqu'un État accepte Bitcoin comme monnaie, il ne peut plus contrôler la

1. Code monétaire et financier, Article L111-1, www.legifrance.gouv.fr/codes/article_lc/LEGIARTI000006643875

monnaie aussi aisément qu'auparavant. Il ne peut plus choisir de modifier aussi aisément (via les banques centrales) les taux d'intérêt, utiliser le *quantitative easing* (injection d'argent nouvellement créé dans l'économie) et tout un ensemble d'autres outils. Se priver de l'instrument de la politique monétaire, c'est se priver d'un levier de politique économique. Il n'est donc pas étonnant que les États soient réticents à perdre ce pouvoir.

Origine des cryptomonnaies

Au début du Web, dans les années 1990, les informations étaient très facilement accessibles. Les cypherpunks craignaient que des entreprises privées et des gouvernements ne puissent voler et exploiter ces informations personnelles pour espionner et manipuler les utilisateurs d'Internet. Le futur leur a donné raison avec les affaires Snowden et Cambridge Analytica par exemple.

Ces individus, qui se considèrent comme des rebelles, sont issus d'un mouvement apparu à la fin des années 1980 avec l'émergence d'Internet. Le terme « cypherpunk » provient du regroupement de deux mots : *cipher* qui signifie chiffrement en anglais et *punk* qui est un terme lié à la contestation.

Les cypherpunks ont vite réalisé les risques que les nouvelles technologies pouvaient générer : perte d'anonymat, surveillance de masse... Pour protéger la vie privée des internautes, ils ont eu recours au chiffrement et mis en place un système qu'on appelle la cryptographie afin de protéger leurs discussions. L'objectif était de rendre leurs messages non compréhensibles pour les « espions ».

Ils échangeaient entre eux par des listes de diffusion via email, sans connaître leurs identités mais avec les mêmes idéaux de liberté. Ils ont aussi beaucoup travaillé sur des protocoles *open source* comme le système d'exploitation Linux.

Le saviez-vous ?

On dit « chiffrer » et non « crypter ». On chiffre un document grâce à un procédé cryptographique afin de le rendre impossible à lire pour les personnes qui n'ont pas la clé de (dé)chiffrement.

On estime que les cypherpunks appartiennent à la philosophie politique du libertarisme ou de l'anarcho-capitalisme. Ils œuvrent pour que l'État intervienne le moins possible et contrôle le moins possible ses citoyens. Ils défendent les libertés individuelles. Ils ont fortement inspiré la création des cryptomonnaies, dont Bitcoin. Ils ont d'ailleurs participé à de nombreuses tentatives de création de cryptomonnaies qui ont échoué. Parmi les plus importantes, e-gold, Bit-Gold, B-Money ou encore Digicash (Digitalcash). Ces cryptomonnaies étaient centralisées et c'est en partie ce qui a causé leurs pertes.

On retrouve dans Bitcoin une partie des idées des cypherpunks concernant le rôle de l'État, l'absence de censure, etc. Les cypherpunks balayent les arguments du type « si nous n'avons rien à cacher, alors le respect de notre vie privée importe peu ». Il est important de bien faire la distinction entre vie privée et vie secrète : « Une affaire privée est quelque chose dont on ne souhaite pas que tout le monde soit au courant, alors qu'une affaire secrète est quelque chose dont personne ne doit être au courant[1]. » Edward Snowden a eu une phrase très juste dans le documentaire *CitizenFour* réalisé par Laura Poitras en 2015 : « Lorsque vous dites "Le droit à la vie privée ne me préoccupe pas, parce que je n'ai rien à cacher", cela ne fait aucune différence avec le fait de dire "Je me moque du droit à la liberté d'expression parce que je n'ai rien à dire". »

Pour en apprendre davantage sur les cypherpunks, nous vous conseillons la lecture de deux de leurs manifestes : *Le Manifeste de la crypto-anarchie* par Tim May publié en 1992 et *Le Manifeste d'un cypherpunk* par Eric Hugues en 1993.

1. *"A private matter is something one doesn't want the whole world to know, but a secret matter is something one doesn't want anybody to know."* Source : https://urbigenous.net/library/cypherpunk_manifesto.html

CHAPITRE 2

BITCOIN

La création de Bitcoin

Le protocole Bitcoin n'est pas sorti de nulle part en quelques mois. C'est le fruit de longs travaux de recherches, de développements ainsi que de technologies bien plus anciennes qu'il n'y paraît.

La fameuse *blockchain*, que l'on peut aussi appeler de l'horodatage de données, existe depuis 1991[1]. La cryptographie à clé publique (ou asymétrique), sur laquelle repose la sécurité de Bitcoin, a été inventée dès les années 1970. Le système de chiffrement utilisé dans Bitcoin, RSA, existe quant à lui depuis 1977.

La *preuve de travail* (*proof of work* en anglais, ou PoW), nécessaire pour le minage du Bitcoin, est utilisée pour lutter contre l'envoi en masse d'emails indésirables (spaming) depuis 1997. Ce système baptisé Hashcash demande une petite puissance de calcul à l'ordinateur à chaque fois qu'il envoie un mail, ce qui empêche d'en envoyer plusieurs millions d'un coup : cela demanderait trop de puissance à l'ordinateur ou à un téléphone classique. On doit cette invention à Adam Back, cypherpunk et cryptographe britannique, qui a fortement contribué à ce qu'est devenu Bitcoin. Le premier système pair à pair apparaît quant à lui avec Napster en juin 1999. Nous reviendrons sur ces différentes technologies plus tard.

On estime que le travail sur la création de Bitcoin a débuté en 2007. Sa force réside dans le fait qu'il a su combiner toutes ces technologies de manière intelligente, avec des mécanismes qui poussent les acteurs du réseau à se comporter d'une manière vertueuse. Cela a abouti à la cryptomonnaie révolutionnaire telle qu'on la connaît aujourd'hui.

« Bitcoin » ou « bitcoin » ?

Bitcoin (invariable, avec un B majuscule) désigne le système de paiement pair à pair, exploitant un logiciel *open source* (comme Bitcoin Core), combinant de nombreuses technologies et utilisant différents procédés mathématiques et cryptographiques. Tandis que le bitcoin (pluriel : des bitcoins) désigne chacune des « unités » d'échange au sein de ce système. On utilise souvent l'abréviation BTC pour désigner les bitcoins.

1. Haber Stuart et Stornetta W. Scott, « How to time-stamp a digital document », *Journal of Cryptology*, vol. 3, n° 2, 1991.

Mais qui a eu le génie de créer cela ? C'est une question à laquelle nous n'avons toujours pas de réponse. On ne sait pas si c'est un homme, une femme ou un groupe d'individus. La seule chose que l'on connaisse est son pseudonyme : Satoshi Nakamoto.

Certains savent peut-être qui se cache derrière cette mystérieuse identité. Des personnes qui l'ont aidé à améliorer le logiciel à ses débuts, ou encore des agences de renseignements. Cependant, si tel est le cas, rien n'a fuité jusqu'alors.

Il y a bien quelques candidats potentiels, en voici quelques-uns :

• **Hal Finney** : développeur américain, il est le premier à recevoir une transaction en bitcoins de la part de Satoshi Nakamoto. Il a fortement contribué au développement de Bitcoin, aux côtés de Satoshi Nakamoto et d'autres personnalités liées au protocole. La disparition de Satoshi Nakamoto sur différents canaux de discussion qu'il utilisait coïncide avec l'aggravation de sa maladie neurodégénérative, la maladie de Charcot. Fait troublant, un certain Dorian Satoshi Nakamoto habitait près de chez lui. Hal Finney meurt en 2014 de sa maladie, il s'est fait cryogéniser et son cerveau est encore en parfait état. Qui sait si, dans le futur, Hal Finney sera de retour ?

• **Len Sassaman** : hacker, informaticien et expert en sécurité informatique, il était membre du mouvement des cypherpunks. Il a travaillé sur de nombreux outils liés à la défense de la vie privée comme PGP et le P2P. Il s'est donné la mort le 3 juillet 2011, environ deux mois après la dernière communication de Satoshi Nakamoto sur les réseaux.

• **Nick Szabo** : il a théorisé le concept des contrats intelligents dès 1994. Il a eu l'idée d'une cryptomonnaie à partir des années 1980, ce qu'il concrétise en 1998 avec « Bit gold ». Cette monnaie numérique n'a jamais été mise en service mais on y retrouve certains points en commun avec Bitcoin, notamment l'utilisation d'Hashcash.

• **Adam Back** : c'est l'inventeur de Hashcash, le système de preuve de travail. C'est un cryptographe et cypherpunk britannique. Il a fondé Blockstream, l'une des principales sociétés qui développent des solutions utilisant Bitcoin.

Pour tenter de l'identifier, de nombreuses analyses linguistiques des écrits de Satoshi Nakamoto ont été réalisées. On estime, d'après son style d'écriture et les heures auxquelles il postait ses messages sur les forums, qu'il serait d'origine britannique. D'autres pensent que le Bitcoin n'a pas pu être le travail d'une seule et même personne et qu'un collectif d'individus se cache derrière cette création.

Dans tous les cas, Bitcoin n'est pas le fruit d'un travail solitaire. Beaucoup de personnes ont aidé Nakamoto à parfaire progressivement son code et à corriger des bugs.

Satoshi Nakamoto envoie sa création par mail à de nombreux cypherpunks le 31 octobre 2008. Ce document qui décrit le fonctionnement de Bitcoin est appelé un livre blanc – *whitepaper* en anglais. La même année, le site Bitcoin.org est enregistré via le site anonymousspeech.com qui permet d'enregistrer des noms de domaines de manière anonyme.

Le 3 janvier 2009, la version 0.1 de Bitcoin est officiellement dévoilée et le réseau Bitcoin est lancé. Le premier bloc est alors miné, on l'appelle le *Genesis Block*, ou bloc de genèse.

Anecdote

Les blocs du réseau Bitcoin peuvent contenir des messages courts. Dans le premier bloc, Satoshi Nakamoto inclut le message suivant : « *The Times 03/Jan/2009 Chancellor on brink of second bailout for banks.* » Cela correspond à la une du journal *The Times* du 3 janvier 2009, elle signifie « Le Chancelier est à l'aube d'un second plan de sauvetage des banques ». Cela rappelle à jamais l'intérêt du Bitcoin et les faiblesses du système financier actuel.

La une du Times le 3 janvier 2009

THE TIMES

Eat Out from £5

More than 900 great restaurants, including four Gordon Ramsay favourites from £15

Israel prepares to send tanks and troops into Gaza

Chancellor on brink of second bailout for banks

99p

La première transaction (c'est-à-dire le premier envoi de bitcoins) est réalisée neuf jours plus tard, le 12 janvier 2009, entre Satoshi Nakamoto et Hal Finney. Les adresses du créateur de Bitcoin possèdent environ 1 million de bitcoins, car il a été le premier à en miner pour sécuriser le réseau et en a donc accumulé énormément. Il existe toujours un risque que ce dernier ressurgisse et vende tout, ou une partie, de ses bitcoins. Cela serait le signe qu'il ne croit plus au projet et certains investisseurs estiment que cela pourrait entraîner une chute du cours du BTC. Cependant, il est peu probable que cela survienne. Satoshi Nakamoto ne semble pas réellement intéressé par l'argent, mais agit comme un humaniste convaincu. Il reste toutefois possible que quelqu'un parvienne un jour à voler les clés privées de Satoshi Nakamoto. Ce scénario est également très peu probable, voire quasi impossible. Si, par miracle, un individu réussissait à prendre le contrôle des portefeuilles de Satoshi Nakamoto, le cours du Bitcoin pourrait chuter de manière brutale. Cela n'entraînerait pas sa fin pour autant, le Bitcoin retomberait très certainement sur ses pattes, mais seulement après une longue période baissière.

Quel intérêt au Bitcoin ?

Deux philosophies ont fortement inspiré Bitcoin : celle des cypherpunks, d'une part, et celle du courant de pensée des économistes de l'école autrichienne, d'autre part.

Nous avons évoqué dans le chapitre précédent les motivations qui animent les cypherpunks et qui se reflètent dans Bitcoin. Nous allons maintenant analyser les croyances des économistes de l'école autrichienne. Les deux représentants les plus connus de cette école de pensée sont les économistes Friedrich Hayek et Ludwig von Mises. Selon eux, la monnaie doit être soustraite au pouvoir des États, car ces derniers s'en servent souvent de manière abusive, à des fins électoralistes ou pour mieux contrôler l'économie et la population. Cela entraîne une succession de cycles économiques ponctués par des crises monétaires.

En 1984, Hayek déclarait : « Je ne crois pas au retour d'une monnaie saine tant que nous n'aurons pas retiré la monnaie des mains de l'État ; nous ne pouvons pas le faire de manière violente ; tout ce que nous pouvons faire, c'est, par quelque moyen indirect et rusé, introduire quelque chose qu'il ne peut pas stopper. » C'est chose faite avec Bitcoin[1].

Choisir sa monnaie

L'idée est que les gens soient en capacité d'utiliser les monnaies qu'ils souhaitent : il ne resterait à terme que les monnaies les plus utilisées et plébiscitées par la population. Le fait d'avoir des monnaies en concurrence les unes avec les autres les rend meilleures.

Pour les économistes précités, il n'est pas bon d'avoir des monnaies imposées par les États. Ces monnaies nécessitent de faire confiance aux banques centrales afin qu'elles ne dévalorisent pas la monnaie. L'histoire nous montre d'ailleurs que la monnaie a continuellement été dévaluée par ces mêmes banques centrales. Comme nous l'avons vu dans le premier chapitre, lorsque le monde utilisait l'étalon or,

1. Monbynes Yorick (de) et Grandval Gonzague, *Bitcoin, totem et tabou*, Institut Sapiens, février 2018 : www.institutsapiens.fr/wp-content/uploads/2021/02/institut-sapiens-rapport-02-20.pdf

les crises monétaires étaient rares, passagères et de faible envergure. Depuis la fin de l'étalon or et le passage à une monnaie fiduciaire, le monde n'a jamais connu autant de problèmes monétaires en si peu de temps.

Les États qui n'ont plus la confiance de leur peuple voient leur monnaie dévaluée, celle-ci n'a plus aucune valeur. Les exemples ne manquent pas. Le Zimbabwe, par exemple, a émis des billets de 100 000 milliards de dollars zimbabwéens. Sa mise en circulation avait pour objectif de contrer la pénurie en argent liquide alors que le taux d'inflation annuel atteignait plus de 230 millions de pourcents en 2009[1] ! Notez que la valeur de ce billet hors du commun équivalait à près de 30 dollars américains. Le Zimbabwe a finalement abandonné sa monnaie, après une hyperinflation de 500 milliards de pourcents. Une crise similaire se produit actuellement au Vénézuela ; l'inflation y est telle que la monnaie nationale perd six zéros d'un seul coup le 1er octobre 2021 avec l'arrivée du « bolivar numérique[2] » : un ticket de bus au 30 septembre 2021 valait 1 million de bolivars et passe à 1 bolivar digital. Depuis 2008, après trois réformes monétaires, la monnaie du Vénézuela a perdu quatorze zéros (voir photo ci-contre).

La crise au Vénézuela en 2018

Les gens se débarrassent de leur monnaie papier qui ne vaut presque plus rien.

Source : www.reddit.com/r/Damnthatsinteresting/comments/bafjw4/worthless_currency_litters_the_street_in_venezuela/

Ce n'est pas sans raison que le Vénézuela est l'un des pays qui utilise le plus le Bitcoin et les cryptomonnaies. On dit souvent que Bitcoin permet à la fois de

1. www.capital.fr/entreprises-marches/le-zimbabwe-ce-pays-ou-tous-les-habitants-sont-multi-milliardaires-1048158
2. www.lemonde.fr/economie/article/2021/10/01/la-monnaie-venezuelienne-minee-par-l-hyperinflation-perd-six-zeros_6096793_3234.html

bancariser les débancarisés, mais aussi de débancariser les bancarisés dans certains cas.

Notez qu'un bitcoin n'est pas une entité physique, il n'existe pas de pièces ou de billets. Il est uniquement présent sur Internet.

Selon la Banque mondiale[1], près d'1,7 milliard d'individus adultes à travers le monde ne disposaient pas encore en 2017 d'un compte bancaire. La raison la plus courante en est que les banques ne veulent pas leur ouvrir de compte, parce qu'ils n'ont pas de papiers d'identité ou que leurs revenus sont trop faibles. D'après la même étude, quelque 1,1 milliard de ces débancarisés possèdent un téléphone portable et un accès à Internet. À ces gens-là, Bitcoin permet donc d'avoir une banque dans la poche. Il leur suffit de télécharger une application pour payer en bitcoins et en recevoir.

C'est également extrêmement pratique pour les travailleurs étrangers. Avec Bitcoin, ils peuvent envoyer de l'argent dans leur pays avec des frais bien plus faibles que ceux prélevés par d'autres intermédiaires comme MoneyGram ou Western Union.

Dans les pays riches, le système bancaire est plutôt opérationnel pour la majorité de la population. Les Occidentaux y ont quasiment tous accès. Bitcoin est un outil en complément de pièces et de billets, il n'est pas destiné à remplacer l'argent physique. Il est nécessaire d'avoir Internet et un appareil électronique pour l'utiliser (actuellement) et il faut aussi être (un peu) à l'aise avec la technologie. Bitcoin est adopté dans les pays bancarisés pour différentes raisons : par peur d'une potentielle inflation et du contrôle de la monnaie par les banques centrales, ou comme outil de spéculation. Il permet de se protéger d'une défaillance du système bancaire, à l'image de la faillite de la néo-banque française Swoon le 26 juillet 2021[2].

Point vocabulaire

Le mot « spéculation » est souvent employé de manière péjorative. Pourtant, spéculer signifie simplement réfléchir à une question et anticiper le futur. On spécule tout le temps : par exemple quand on choisit de poursuivre telles études et pas d'autres.

1. https://globalfindex.worldbank.org/basic-page-overview
2. www.presse-citron.net/en-faillite-cette-neobanque-francaise-ne-rembourse-pas-ses-clients/

Bitcoin est aussi utilisé par des opposants politiques ou des personnes exerçant des professions qui ne sont pas autorisées à ouvrir des comptes en banque (comme les travailleuses du sexe) ou à recevoir des paiements. WikiLeaks, une organisation non gouvernementale qui partage publiquement des documents classifiés, se voit dans l'impossibilité de recevoir des dons, car Visa, Mastercard ou Western Union bloquent les paiements. Julian Assange, son fondateur, a donc décidé d'accepter les dons en bitcoins en 2011, ce qui lui permet de contourner les nombreuses restrictions.

Bitcoin révolutionne la monnaie pour plusieurs raisons. C'est la première fois qu'il est possible de s'échanger de la valeur sur Internet, de particulier à particulier (de pair à pair) sans besoin de confiance ni de faire appel à une tierce partie comme une banque, PayPal, Lydia, etc. Avant Bitcoin, le progrès technologique lié aux monnaies, aux banques et aux intermédiaires financiers était limité, car les barrières réglementaires à l'entrée freinaient fortement la concurrence. Depuis la création de Bitcoin et l'essor d'autres cryptomonnaies, il n'y a plus ces limites, la majorité de ces technologies sont consultables publiquement par tous, de manière *open source*.

Open source

On parle de logiciel *open source* lorsque n'importe qui peut librement consulter le code et faire des propositions d'améliorations. Ces logiciels ne sont pas soumis à des brevets et peuvent être réutilisés par n'importe qui. Le logiciel *open source* le plus connu et le plus utilisé est le système d'exploitation Linux.

Faire un transfert de bitcoins dans le cyberespace équivaut à effectuer une transaction en espèces dans le monde physique. Qu'a-t-il alors de si révolutionnaire ? Dans le monde numérique, la copie est très simple à réaliser. Lorsque vous envoyez une photo par mail, vous détenez toujours la photo sur votre ordinateur ou votre téléphone. Elle est dupliquée. Ce modèle n'est pas viable avec la monnaie, car si elle était dupliquée à l'infini, elle n'aurait plus la moindre valeur. Bitcoin est le premier actif numérique qui conserve sa rareté, qui ne peut pas être dupliqué, alors qu'il s'échange sur Internet.

Les atouts de Bitcoin

- Avec l'invention de Bitcoin, **plus besoin d'intermédiaire « de confiance »** : les transactions se font de particulier à particulier.
- Bitcoin n'est **la propriété de personne** et en même temps celle de tout le monde. C'est un logiciel *open source*, tout le monde peut participer à son évolution et apporter sa pierre à l'édifice.
- N'importe qui peut utiliser Bitcoin, il n'existe **aucune discrimination**, aucune condition de ressource ni limitation d'aucune sorte. Tout le monde utilise Bitcoin de la même manière. Personne ne peut vous interdire d'effectuer un échange, car aucun utilisateur n'a plus de pouvoir qu'un autre. **Tout le monde a les mêmes droits**, il n'y a pas de passe-droit.
- Bitcoin est **incensurable**. Personne ne peut vous empêcher d'effectuer un transfert de bitcoins. Un formidable outil pour les opposants politiques, lanceurs d'alertes et autres individus opprimés.
- **Personne ne peut bloquer vos fonds**, quand bien même l'utilisation que vous en faites serait jugée non conforme par un tiers.
- **La transparence et la sécurité** de Bitcoin sont optimales. Tout est public, on peut connaître tous les échanges de bitcoins réalisés depuis le début. Il n'est pas possible de créer de nouveaux bitcoins comme on veut et le réseau n'a jamais été piraté de toute son existence.

On peut connaître avec certitude l'évolution de la masse monétaire de Bitcoin (voir graphique suivant). En effet, celle-ci est programmée dans le code et il n'est plus possible de la modifier : le nombre de bitcoins en circulation sera de 21 millions d'unités au maximum. C'est essentiel pour planifier correctement son avenir et ne pas être à la merci d'une politique monétaire accommodante.

Évolution du nombre de bitcoins

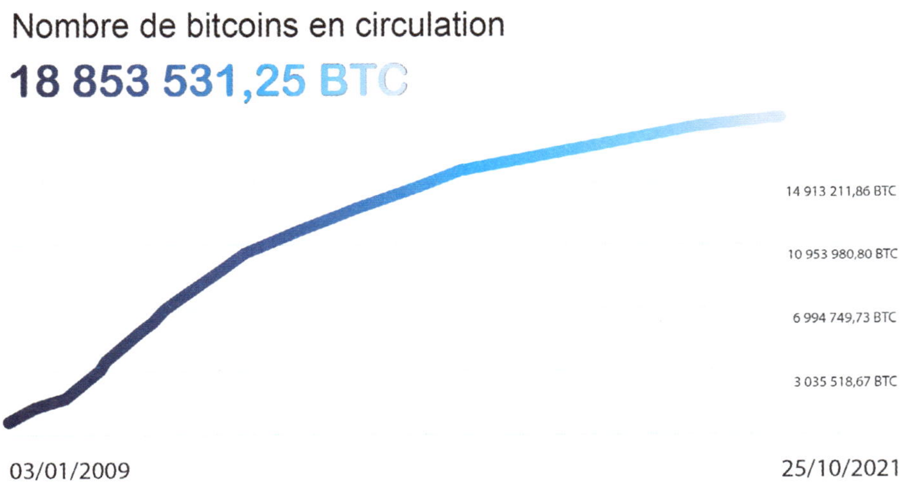

Le nombre de bitcoins maximum a été programmé à sa création : il ne pourra pas dépasser les 21 millions d'unités.

Source : https://www.blockchain.com/charts/total-bitcoins

- **Bitcoin est ouvert et décentralisé**, c'est-à-dire que n'importe qui dans le monde peut participer au fonctionnement du réseau. Ainsi, les utilisateurs et les personnes qui font vivre le réseau sont dispersés dans les quatre coins du monde. Si une coupure d'électricité géante affecte l'Europe, le réseau Bitcoin continuera de fonctionner, car d'autres utilisateurs continueront de le faire vivre quelque part ailleurs sur la planète. Plutôt que d'utiliser des serveurs centralisés à un seul et même endroit, Bitcoin est maintenu par des milliers de personnes dans le monde entier.
- **C'est une monnaie qui appartient à ses utilisateurs :** les règles sont partagées avec des milliers d'entre eux, ce qui permet de décentraliser son code. Ainsi, il est impossible de changer les règles du code sans que la majorité ne soit d'accord. Peu de chance que les utilisateurs acceptent de multiplier le nombre de bitcoins par deux et ainsi de diluer leur pouvoir d'achat.

Comment fonctionne Bitcoin ?

Bitcoin fonctionne via une succession de transactions. C'est-à-dire que les utilisateurs s'échangent des bitcoins entre eux de pair à pair et de manière décentralisée, sans organe de contrôle. Un transfert de bitcoins n'est en réalité qu'un échange d'informations correspondant à de la valeur.

Si Marc possède 15 bitcoins et en envoie 5 à Lucie, alors il ne lui en restera plus que 10. Cette transaction est enregistrée pour éviter que Marc triche en renvoyant plus que les 10 bitcoins qu'il lui reste. On vérifiera que ces 10 bitcoins n'aient pas déjà été dépensés lorsqu'il voudra faire une prochaine transaction.

Il est aussi possible d'envoyer des fractions de bitcoins. On peut par exemple envoyer 0,001 bitcoin. La plus petite unité d'un bitcoin est appelée le satoshi, qui correspond à 0,00000001 bitcoin. Il y a donc 100 millions de satoshis dans un bitcoin.

Une transaction correspond à un changement de propriétaire (voir schéma ci-dessous). En réalité, on transfère le droit d'utiliser des bitcoins. Au fur et à mesure, les bitcoins changeront de propriétaires qui pourront dépenser leurs bitcoins grâce à l'utilisation d'une clé privée.

Le principe des transactions

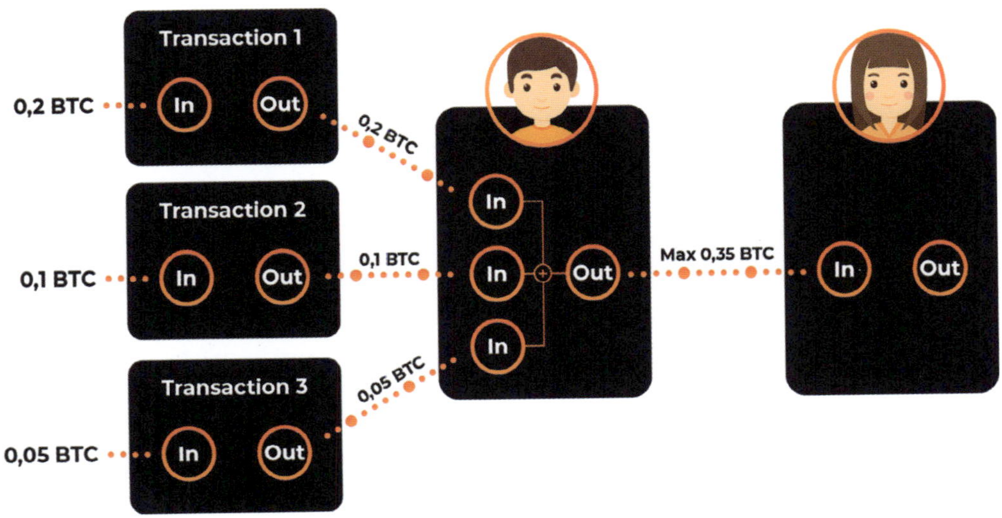

Marc a un compte, composé de plusieurs adresses, sur lequel il reçoit des bitcoins via trois transactions. Ces bitcoins sont ensuite regroupés et peuvent être envoyés à Lucie.

Source : Cryptoast

UTXO

Pour faire une transaction, un utilisateur de Bitcoin doit avoir reçu au minimum le nombre de bitcoins qu'il souhaite envoyer et ne pas les avoir déjà dépensés. On appelle UTXO (*Unspent Transaction Output*) une transaction reçue dans le passé et qui n'a pas encore été dépensée.

Le système cryptographique

Clés privées, clés publiques, signatures et adresses sont des éléments essentiels aux transactions de Bitcoin.

La clé privée permet de débloquer vos bitcoins, de signer un message qui prouve que vous êtes l'émetteur du transfert. C'est une sorte de mot de passe qu'il ne faut communiquer à personne !

Concrètement, c'est une suite de 256 « 0 » et « 1 » mais visuellement, elle est représentée par une suite de 58 chiffres et lettres (voir schéma suivant).

La phrase de récupération

Afin de vous éviter de retenir 256 bits (suite de 0 et de 1), les clés privées sont générées à partir d'une phrase de récupération (*seed phrase* en anglais) de 12 ou 24 mots. C'est cette suite de mots qui vous permet de signer vos transactions via un portefeuille numérique. La clé privée elle-même est rarement demandée directement. C'est pourquoi il ne faut surtout pas communiquer sa phrase de récupération (quelqu'un pourrait prendre le contrôle des fonds) ou la perdre (il n'existe pas d'options pour un mot de passe oublié).

La clé publique permet à n'importe qui de vérifier que le message provient bien de la clé privée associée. Cela permet aux autres utilisateurs du réseau de vérifier la transaction. L'utilisateur ne voit pas sa clé publique, car elle est créée de manière automatique par les logiciels qui opèrent les transactions.

L'adresse est l'équivalent d'un RIB lorsqu'on procède à un virement bancaire. Ces adresses, dans le cas de Bitcoin, démarrent toujours par 1, 3 ou bc1 selon le type de transactions.

La clé privée est utilisée pour générer une clé publique, qui est elle-même utilisée avec une fonction de hachage[1] pour générer une adresse. Le chemin inverse est impossible, c'est-à-dire que vous ne pouvez pas retrouver une clé publique à partir d'une adresse et une clé privée à partir d'une clé publique.

Utilisation d'une clé privée pour créer une clé publique et une adresse

ECDSA : Elliptic Curve Digital Signature Algorithm (algorithme de signature cryptographique)
SHA256 : Secure Hash Algorithm est une norme de hachage
RIPEMD160 : autre fonction de hachage

Source : Cryptoast

Pour en savoir plus sur les clés privées, publiques et les adresses, consultez l'article écrit par Ludovic Lars : https://cryptoast.fr/cles-privees-cles-publiques-et-adresses-dans-bitcoin/

Ces étapes sont automatiquement gérées par des logiciels qu'on appelle portefeuilles ou *wallets* en anglais. Pour les plus aventureux, il est aussi possible de les réaliser manuellement.

Inutile de craindre que quelqu'un trouve, ou génère accidentellement, une clé privée identique à la vôtre. Il existe 10^{77} variantes de clés privées. À titre de comparaison, on estime que l'univers visible contient 10^{80} atomes.

1. Procédé mathématique qui, à partir d'une quantité de données en entrée, produit une sortie de taille fixe.

Cryptographie asymétrique

La cryptographie asymétrique permet à n'importe qui de vérifier les signatures des transactions, en étant certain que seuls les propriétaires des clés privées peuvent créer des signatures valides.

Le schéma ci-dessous explique l'utilisation d'une clé privée et d'une clé publique dans le processus de **signature**. N'importe qui peut envoyer le message « Bonjour Marc » mais le chiffrement via la clé privée de Lucie et son déchiffrement avec sa clé publique permet de prouver que Lucie est bien à l'origine du message. C'est exactement le même principe pour envoyer des bitcoins à quelqu'un : la clé privée sert alors à signer et à authentifier une transaction plutôt qu'un message.

Signature d'un message

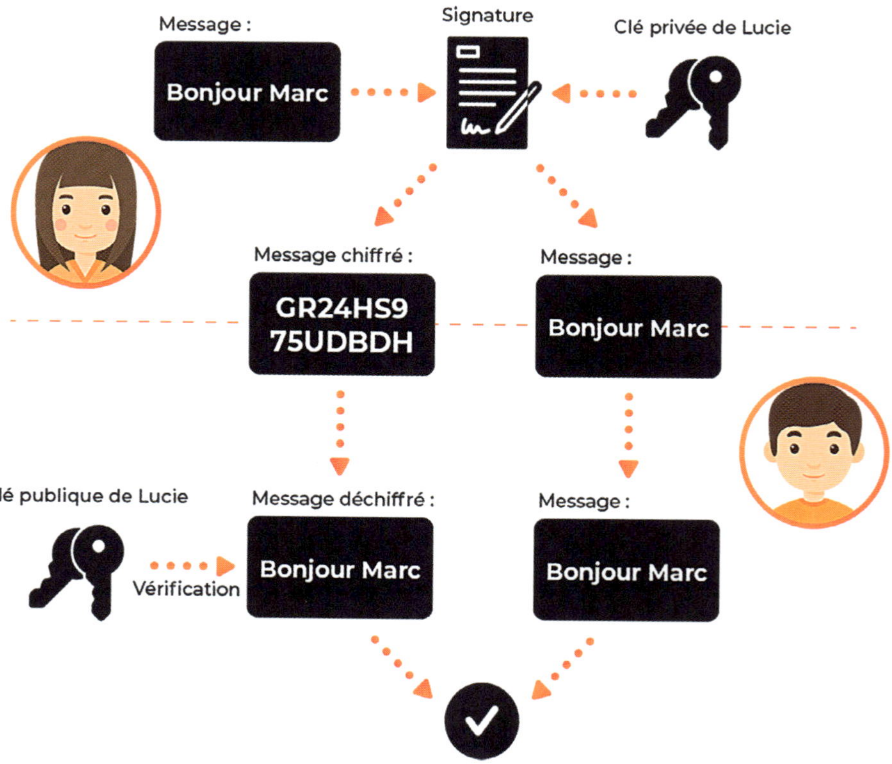

Source : Cryptoast

La blockchain

Pour comprendre le principe de la blockchain, prenons un exemple concret.

Cinq amis partent en vacances et font les comptes au fur et à mesure de leurs dépenses sur un bloc-notes vierge. À chaque fois qu'un des cinq amis paye quelque chose pour le groupe ou à l'un des quatre autres, il le note. Une fois que la première feuille du bloc-notes est remplie, les amis se réunissent pour valider les transactions, indiquer le numéro de la feuille, puis signent pour prouver leur accord.

Ils passent ensuite à la feuille suivante et indiquent qu'il s'agit de la numéro 2. La première feuille étant validée, plus personne ne peut la modifier, mais n'importe qui peut choisir de la consulter pour connaître l'historique des paiements.

Si l'un des membres souhaitait changer quelque chose sur la feuille numéro 1, cela se verrait tout de suite car il devrait faire une rature et imiter les signatures de ses amis pour la valider.

Évidemment, si trois des cinq amis décidaient de tricher et de falsifier les informations du bloc-notes, ce qu'il y aurait inscrit n'aurait plus aucune valeur et tout le monde perdrait le bénéfice de ce qu'il a investi. Comme les amis préfèrent continuer sereinement leurs vacances ensemble, le plus probable est que personne n'essaye de tricher pour conserver un historique fiable de leurs dépenses et ne pas gâcher leur amitié.

Ce système est basé sur les principes de la blockchain :

- impossible à contrefaire, car validé par tous les amis, on ne peut pas trafiquer les données ;
- transparent car n'importe qui peut regarder l'historique des paiements ;
- décentralisé car tout le monde peut noter des choses et les échanges sont validés par tous les amis.

Vous l'aurez compris, il est important qu'une blockchain soit publique et non privée pour s'assurer que personne ne puisse modifier les informations sans que les autres ne s'en aperçoivent. C'est ce qui permet à toutes les parties d'être d'accord sans avoir besoin de se faire confiance.

À aucun moment, Satoshi Nakamoto ne parle de blockchain dans le livre blanc de Bitcoin, il évoque un registre de transactions distribué et public. C'est un grand livre dans lequel toutes les transactions depuis la création du réseau sont enregistrées et horodatées. N'importe qui peut analyser les transactions, savoir qui en est l'émetteur, le destinataire et les montants envoyés. Ce livre est protégé grâce à la cryptographie. La blockchain est un autre nom qui a été donné plus tard à ce type de bases de données distribuées.

Pour aller plus loin, on peut lire *Mastering Bitcoin* par Andreas Antonopoulos (O'Reilly, 2015).

Le minage

On utilise le terme de « mineurs » pour désigner les personnes chargées d'ajouter des blocs à la chaîne, en référence aux mineurs d'or. Ce sont eux qui notent les transactions sur le cahier. Le minage de bitcoin repose sur la preuve de travail (PoW ou *proof of work* en anglais). Ces mineurs sont en compétition les uns contre les autres pour résoudre des calculs mathématiques très simples (voir l'encadré « Les calculs de minage » plus bas), mais qui demandent beaucoup de puissance (donc d'énergie).

Essayons d'illustrer. Dans un amphithéâtre, un professeur pose des questions aux étudiants présents. Lorsque l'un d'eux a la réponse, il demande la parole, se lève et répond à haute voix pour que tout le monde l'entende. N'importe qui peut vérifier qu'il a bien donné la bonne réponse – c'est un peu comme un sudoku : même s'il peut être difficile de le résoudre, il est en revanche facile de vérifier si telle ou telle combinaison de chiffres est correcte ou pas. En outre, aucun autre étudiant ne pourra prétendre avoir donné la réponse avant lui puisque tout le monde en est témoin.

- Quelle est la question posée par le professeur ? C'est une énigme, dont la réponse est très facile à vérifier, mais qui demande de faire des milliards de calculs simples pour trouver la bonne réponse.
- Qui sont les étudiants ? Ce sont les mineurs. Ils passent leur temps à faire des calculs et ils ne le font pas gratuitement. Les gagnants obtiennent des bitcoins lorsqu'ils valident un bloc de transactions ainsi que les frais[1] associés à ces transactions. Ils peuvent aller et venir à leur guise.
- Que se passe-t-il quand il y a une bonne réponse ? Tout le monde vérifie le résultat du calcul. Celui qui a donné la bonne réponse va ajouter une page au livre de transactions (un bloc) et tous les autres participants vont signer cette page pour montrer leur approbation. Personne ne pourra revenir dessus plus tard. Le mineur gagnant n'a aucun intérêt à mentir sur la réponse, dans la mesure où tout le monde peut la vérifier très simplement.

Le professeur pose ensuite une nouvelle question, et ainsi de suite.

1. Les frais sont renseignés par la personne qui effectue une transaction. Pour inciter le mineur à choisir sa transaction plutôt qu'une autre, cette personne met plus de frais qui reviennent au mineur.

Les calculs de minage

À quoi correspondent ces calculs ? Ils sont effectués pour résoudre une énigme mathématique. La réponse est un numéro qui donne son empreinte au bloc : c'est ce qui le distingue des autres blocs et le rend unique. Pour trouver ce numéro, les mineurs doivent réaliser des milliers de milliards d'essais, et dépenser l'énergie correspondante. La solution est impossible à anticiper, car un procédé cryptographique est utilisé. En revanche, il est très facile de vérifier ensuite si la solution proposée par un mineur est la bonne.

Plus le nombre de mineurs augmente, plus la difficulté pour trouver la réponse est importante, et inversement. Le nombre de calculs nécessaire est ajusté en fonction de la puissance (de calcul) que les participants allouent, et ceci tous les 2 016 blocs[1], ce qui correspond environ à deux semaines car un bloc est créé environ toutes les dix minutes.

En réalité, les mineurs ne sont pas les seuls à pouvoir vérifier la solution. Les personnes qui maintiennent et sécurisent le réseau, qui le font au travers de nœuds, vérifient aussi que la solution est bien la bonne. Elles font tourner le logiciel Bitcoin Core pour s'assurer que toutes les transactions qui sont partagées aux mineurs respectent les conditions nécessaires (la personne possède bien les bitcoins, la transaction est correctement configurée, etc.). Il existe différents types de nœuds : les nœuds légers, les nœuds complets et les nœuds mineurs. Les nœuds complets sont ceux qui contiennent tout l'historique des transactions depuis le lancement du réseau le 3 janvier 2009. Les nœuds légers sont ceux qui conservent une petite partie de l'historique des transactions nécessaires pour réaliser des échanges. Les portefeuilles (*wallets*) sont considérés comme des nœuds légers. Enfin, les nœuds de minage sont ceux qui écrivent les nouvelles pages du livre et qui les ajoutent dans le registre, ils créent les nouveaux blocs. Il est plus intéressant, économiquement, pour les mineurs d'être honnêtes. En effet, en étant malhonnête, ils risquent de perdre tout l'argent engagé pour l'achat de machines, l'électricité, etc. De plus, si les mineurs arrivent à s'unir pour tricher et manipuler le réseau, le prix du bitcoin chuterait rapidement car il ne serait plus fiable, ce qui rendrait cette opération non rentable.

1. Si, d'un seul coup, la puissance triple, alors le problème deviendra trois fois plus dur à résoudre pour qu'en moyenne, il soit résolu toutes les dix minutes.

Les transactions dans le réseau

Le principe d'une transaction est similaire à un échange de pièces ou de billets. Si j'ai un billet de 20 euros dans ma poche mais que je dois payer seulement 5 euros, je donne mon billet et 15 euros me reviennent. De même, lorsque vous voulez envoyer 0,2 bitcoin à une autre personne et que votre portefeuille en contient 0,3, vous allez transférer 0,3 bitcoin mais 0,1 bitcoin va revenir dans votre *wallet*. Avec Bitcoin, les BTC qu'on ne souhaite pas envoyer reviennent sur une nouvelle adresse de votre portefeuille qu'on appelle une adresse de change.

Les transactions et les blocs sont propagés à tout le réseau, c'est-à-dire à tous les nœuds qui vérifient que les transactions sont valides. Ces dernières sont ensuite communiquées aux mineurs avant d'être ajoutées à la chaîne de blocs. Les nœuds vérifient si les bitcoins qu'on souhaite envoyer sont bien disponibles, mais aussi bien d'autres choses, comme la structure de la transaction (est-ce qu'elle contient bien toutes les informations nécessaires ?).

Une transaction, avant d'être incluse dans un bloc, est mise en attente avec toutes les autres dans un endroit qu'on appelle le *mempool*. Dans ce *mempool*, les mineurs vont sélectionner les transactions, regroupées dans un bloc, qu'ils veulent intégrer en priorité à la blockchain. Généralement, ils prennent les transactions qui leur rapportent le plus de frais, mais chaque mineur peut choisir les transactions qu'il souhaite traiter. Ce sont les personnes qui réalisent des transactions qui choisissent les frais qu'ils veulent mettre. Certains outils permettent de vous dire quels frais vous devriez mettre pour que votre transaction soit choisie rapidement par les mineurs.

Mempool et *pool* de minage

Attention à ne pas confondre les deux. Un *pool* de minage correspond à un regroupement de mineurs en coopérative. Un mineur isolé qui possède 1 % de puissance de calcul va s'unir dans un *pool* à plusieurs autres mineurs pour avoir plus de chance de valider des blocs et de toucher des récompenses. Les récompenses (création de nouveaux bitcoins et les frais des transactions qui sont incluses dans un bloc) sont ensuite partagées entre les différents membres du *pool* au prorata de la puissance de chacun. Quant au *mempool*, c'est l'endroit où les transactions sont mises en attente avant d'être incluses dans un bloc.

Une fois que les transactions sont choisies et insérées dans un bloc, elles sont confirmées lorsque le bloc est inclus dans la blockchain, donc on ne peut plus les modifier ou les annuler. Le bloc (qui contient entre 1 500 et 2 000 transactions confirmées) s'ajoute à la suite des autres blocs déjà minés depuis le lancement du réseau.

Dans Bitcoin, un nouveau bloc est miné toutes les dix minutes environ : lorsqu'un nouveau bloc (A) est ajouté, cela équivaut à une confirmation. Quand un nouveau bloc est ajouté (B) à la suite du précédent (A), ce dernier a alors deux confirmations, et ainsi de suite.

Blocs minés

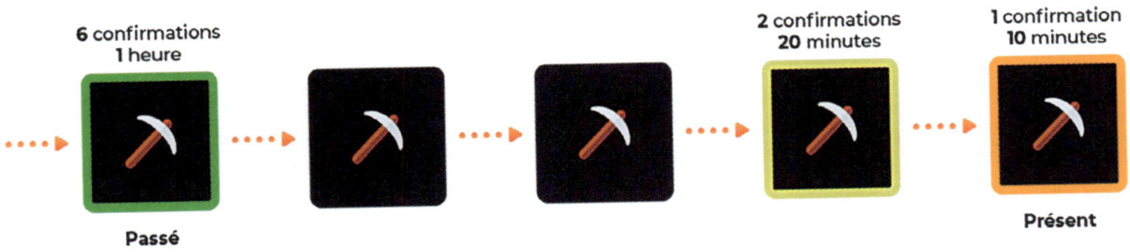

Source : Cryptoast

Toute la beauté de Bitcoin est de proposer une intelligente incitation à participer au réseau plutôt que d'essayer de le pirater. Lorsque l'on connaît la difficulté pour acheter et installer des machines de minage, mais aussi le coût en électricité nécessaire pour miner des bitcoins, il est plus intéressant, économiquement, d'œuvrer pour le bien du réseau que d'essayer de le détruire. Dans le cas du Bitcoin, un mineur dépense plusieurs dizaines de milliers de dollars pour trouver un bloc au moment de l'écriture du livre. C'est pour cela qu'une blockchain sans cryptomonnaie n'a aucun intérêt, car il n'y a pas d'incitation à se comporter de manière honnête.

Les règles du protocole

Le protocole Bitcoin contient un certain nombre de règles qui font consensus. C'est-à-dire qu'il est indispensable de suivre ces règles si on veut participer et utiliser le réseau Bitcoin.

Première règle : c'est la chaîne qui a cumulé le plus de puissance de calcul (de travail), autrement dit la plus longue, qui fait foi. On ne se fie qu'à la chaîne qui contient le plus de blocs, on appelle cela le consensus Nakamoto.

Deuxième règle : les blocs et les transactions sont construits d'une manière spécifique. Les blocs doivent contenir un certain nombre d'informations, comme l'identifiant du bloc précédent, ce qui permet de les lier entre eux. Les blocs ne doivent pas être plus gros qu'une certaine taille, entre 1 et 2 Mo généralement. Les transactions ne peuvent pas inclure des bitcoins qui ont déjà été dépensés.

Troisième règle : tous les 210 000 blocs, soit environ tous les quatre ans, le nombre de nouveaux bitcoins créés à chaque bloc est divisé par deux. C'est ce que l'on appelle le *halving*.

Nombre de bitcoins maximum

On estime qu'on ne pourra plus miner de nouveaux bitcoins en 2140. Le nombre de 21 millions de bitcoins maximum en circulation est inatteignable : la récompense de nouveaux bitcoins étant divisée par deux tous les quatre ans, la quantité va tendre jusqu'à 21 millions, sans jamais véritablement l'atteindre. De plus, certains mineurs ont, à un moment, décidé de s'attribuer moins, voire aucune récompense.

Une fois les 21 millions de bitcoins minés, risque-t-il de ne plus y avoir de mineurs ? C'est peu probable. D'ici là, il est possible que la valeur d'un bitcoin ait fortement augmenté et que les mineurs arrivent à se rémunérer uniquement grâce aux frais de transaction qui pourraient par exemple être augmentés dans le pire des cas.

Nous l'avons vu, Bitcoin est un projet *open source*, son code est en libre accès et peut être amélioré par n'importe qui. Bitcoin Core est l'implémentation de base et aussi la plus répandue pour miner, faire fonctionner des nœuds, etc. Cependant, il n'y a aucune obligation de l'utiliser. D'autres logiciels existent avec des différences d'implémentation. Chaque personne qui utilise le réseau peut choisir de changer de logiciel en fonction des décisions prises par les développeurs.

Pour en savoir plus sur Bitcoin Core, consultez notre article : https://cryptoast.fr/bitcoin-core-description/

Récapitulatif du fonctionnement de Bitcoin

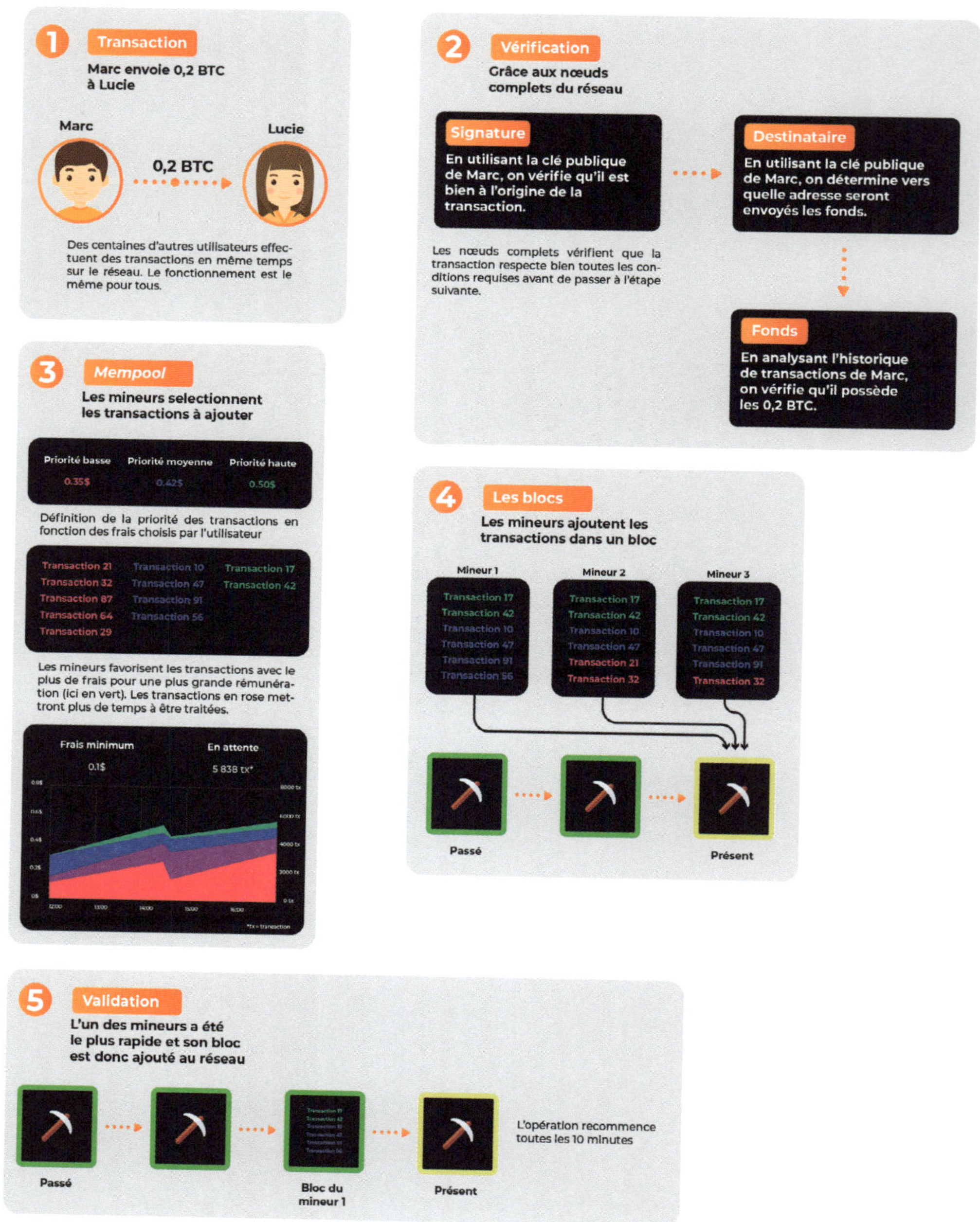

Source : Cryptoast

Qui développe Bitcoin ?

Bitcoin est une œuvre *open source* donc collective. De nombreux contributeurs, connus ou anonymes, participent ou ont participé au développement et à l'amélioration de son code. N'importe qui peut choisir de participer au développement sans révéler son identité. De la même manière, il est possible de se retirer à n'importe quel moment. Satoshi a participé au développement de Bitcoin jusque fin avril ou début mai 2011, moment à partir duquel il n'a plus jamais donné de nouvelles. Son dernier message public, sur le forum Bitcointalk, remonte d'ailleurs au 12 décembre 2010.

La disparition de Satoshi Nakamoto et l'anonymat du créateur de Bitcoin sont probablement une bonne chose. Il n'est pas possible de faire pression sur quelqu'un pour anéantir le projet ou de le condamner pour ce qu'il a créé.

Le FBI en cause ?

La disparition de Satoshi correspond au moment où Gavin Andresen – un des premiers développeurs à l'avoir aidé à améliorer Bitcoin – lui indique par email avoir été invité par le FBI à présenter Bitcoin dans leurs bureaux. Demande qu'il a acceptée. Cette présentation a eu lieu le 14 juin 2011, et depuis ce mail, Satoshi a cessé tout contact avec Gavin.

Gavin reprend donc le flambeau du développement de Bitcoin avant de démissionner quelques années plus tard. Les guerres de gouvernance et de pouvoir entre développeurs ont ponctué la vie de Bitcoin. Le site Bitcoin.fr a traduit un excellent article de Bitcoin Magazine sur cette première « guerre de gouvernance[1] ». Elle survient au moment de la première mise à jour importante depuis le départ de Satoshi Nakamoto et implique de nombreux développeurs, dont Gavin Andresen.

Une partie des développeurs sont rémunérés pour continuer à améliorer Bitcoin, tandis que d'autres sont indépendants, et donc bénévoles. Ceux qui sont financés le sont par des entreprises ou des organisations du secteur.

1. https://bitcoin.fr/la-bataille-de-p2sh-lhistoire-inedite-de-la-premiere-guerre-de-gouvernance-de-bitcoin/

Les modifications doivent être expliquées et proposées dans un petit document appelé un BIP pour *Bitcoin Improvement Proposal*. Ce document, s'il est correctement rédigé, est ensuite partagé à la communauté Bitcoin via une liste de diffusion et il est proposé sur GitHub.

GitHub, c'est quoi ?

C'est une plateforme sur laquelle les développeurs partagent et stockent du code. C'est un outil collaboratif, où le code peut être public ou non. Si le code est public, alors n'importe qui peut faire des propositions d'amélioration. Il existe également un espace d'échanges sur lequel on peut débattre des propositions d'amélioration.

Une fois le BIP mis à disposition de la communauté, il faudra de nombreuses étapes avant de voir la proposition acceptée. Il est évident qu'une modification proposée par un développeur déjà connu et doté d'une bonne réputation aura plus de chance d'être analysée que la proposition d'une personne « inconnue » (dans le sens où elle n'a jamais travaillé sur Bitcoin). Le plus important est donc de convaincre la communauté et de se faire une réputation.

Néanmoins, il ne suffit pas que les développeurs acceptent une modification pour qu'elle soit mise en place. La modification doit être acceptée par la majorité des acteurs du réseau Bitcoin. Si la mise à jour est implémentée sans que la majorité des acteurs ne l'approuve, cela entraîne un *hard fork*, une scission dans le réseau, et donc la création d'une nouvelle blockchain avec sa propre cryptomonnaie.

Les mineurs, les nœuds et les utilisateurs de Bitcoin sont tous des acteurs du réseau. Il y a donc constamment des débats concernant les modifications afin de trouver un compromis pour que la majorité des utilisateurs soient satisfaits. Par exemple, si les nœuds (gérés par des particuliers ou des entreprises) ne sont pas d'accord avec une mise à jour, alors ils n'installent pas la nouvelle version du logiciel Bitcoin Core par exemple.

Les évolutions de Bitcoin

Même si les évolutions sont lentes et peu visibles, des améliorations et ajouts sont effectués de manière régulière sur Bitcoin. Ces évolutions restent bien plus lentes que sur d'autres cryptomonnaies pour plusieurs raisons. Tout d'abord, il faut que tous les participants du réseau soient d'accord pour implémenter la mise à jour. Or, les participants sont très attentifs car le réseau Bitcoin est très valorisé. Il est d'ailleurs plutôt rassurant qu'un tel réseau qui « pèse » des milliers de milliards de dollars ne soit pas soumis à d'importantes mises à jour toutes les semaines. Nous évoquerons plus loin quelques-unes des plus grosses évolutions passées, en cours ou à venir sur le réseau Bitcoin.

On constate, très peu de temps après son lancement, que Bitcoin ne pourra pas réaliser des centaines ou des milliers de transactions à la seconde, cela n'est pas possible sur le plan technique. Satoshi Nakamoto et Hal Finney – première personne à réaliser une transaction sur Bitcoin avec Nakamoto, il est fortement soupçonné d'en être l'inventeur – abordent cela lors de discussions : pour payer son café en bitcoins, il faudra construire un réseau au-dessus de Bitcoin, que l'on appelle un *layer 2*.

Qu'est-ce qu'un *layer 2* ?

C'est une surcouche, ou plutôt une couche secondaire. Un *layer 2* s'appuie sur le réseau principal, il est sécurisé par ce dernier. Il n'y a donc pas de consommation d'énergie supplémentaire lorsque des transactions sont réalisées. L'objectif des *layers 2* est d'être en capacité de traiter beaucoup plus de transactions par seconde avec des frais négligeables. Dans le système bancaire, les virements sont le *layer 1* et les paiements par carte bancaire le *layer 2*.

Lighting Network

Le layer 2 de Bitcoin, Lightning Network, a été théorisé en 2015. Il a été développé pendant plusieurs années avant d'être ouvert au public en janvier 2018. Il s'agit d'un protocole *open source* permettant de mettre en place des paiements instantanés pair-à-pair, de très faibles valeurs et quasiment gratuits. On considère Lightning comme l'équivalent du réseau Visa ou Mastercard pour Bitcoin.

Les transactions sont réalisées hors chaîne (*off chain*), c'est-à-dire pas directement sur le réseau Bitcoin, sans sacrifier pour autant leur sécurité (voir plus bas). En effet, il serait dommage de faire valider des transactions par des milliers d'ordinateurs sur le réseau principal et d'utiliser une quantité d'énergie importante pour un achat équivalent à quelques euros.

Grâce au Lightning Network, il est possible d'augmenter le nombre de transactions (celui-ci est limité à 7 par seconde au maximum sur le réseau principal Bitcoin car un bloc ne peut faire au plus que 2 Mo : on dit qu'on augmente la scalabilité.

Le Lightning Network fonctionne via des canaux de paiement bidirectionnels, c'est-à-dire qu'on peut effectuer des transactions dans un sens ou dans l'autre. Lorsqu'on ouvre un canal de paiement avec quelqu'un, chacun dépose des fonds via le réseau principal (*layer 1*) Bitcoin dans une sorte de coffre-fort partagé (voir figure 1 ci-dessous). Lors de cette étape, on réalise une transaction classique pour indiquer le montant de bitcoins que chacun met (il n'y a pas de montant maximum) et cela est enregistré publiquement sur le réseau principal Bitcoin.

1. Ouverture d'un canal sur Lightning Network et dépôt des fonds engagés

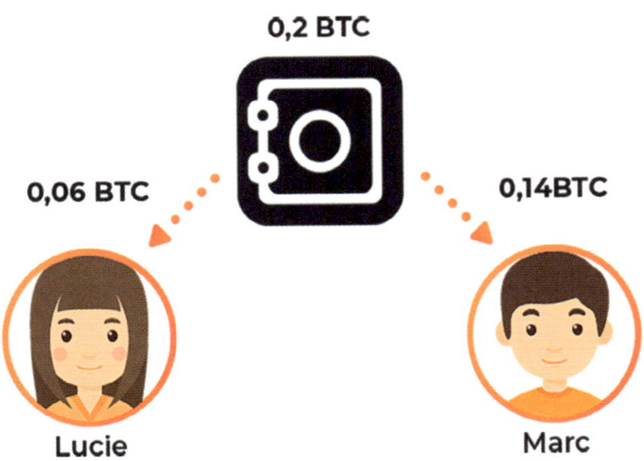

Source : Cryptoast

Après que le canal a été ouvert, il est possible de réaliser un nombre infini de transactions qui ne seront pas visibles (publiées ou inscrites) sur le réseau principal Bitcoin (voir figure 2 page suivante). Elles sont cependant limitées au nombre de bitcoins que possèdent les utilisateurs (dans notre exemple illustré, 0,2 bitcoins). Aucun frais n'est appliqué sur ce type de transaction sans intermédiaire.

2. Transactions effectuées sur Lightning Network

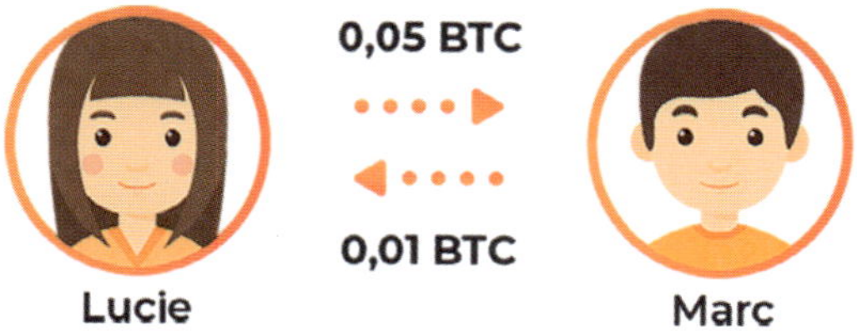

Source : Cryptoast

Le canal peut être fermé n'importe quand si les deux personnes sont d'accord. Elles se verseront les bitcoins qu'elles se doivent au moment de la fermeture du canal via une transaction de fermeture qui sera enregistrée dans la blockchain Bitcoin. Dans notre exemple ci-dessous (figure 3), Lucie recevra 0,06 BTC et Marc 0,14 BTC.

3. Fermeture du canal Lightning Network, récupération des fonds sur le réseau Bitcoin principal

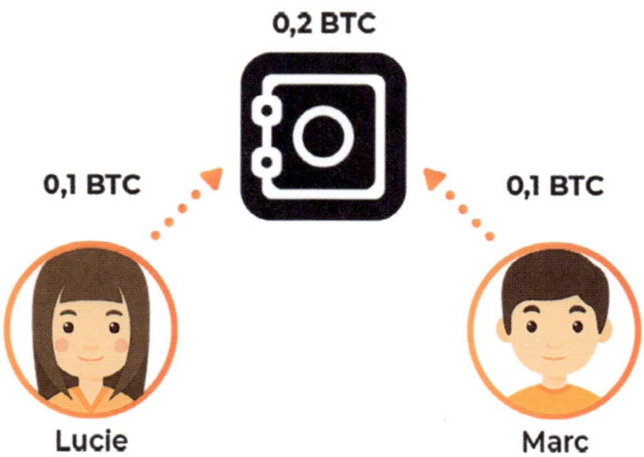

Source : Cryptoast

Dans cette situation, il n'y a eu que deux transactions enregistrées dans la blockchain Bitcoin. La transaction d'ouverture avec 0,1 BTC pour chacun et la transaction de fermeture avec 0,06 BTC pour Lucie et 0,14 BTC pour Marc.

Mais ce n'est pas tout : le Lightning Network permet d'aller plus loin et de réaliser des échanges avec des personnes avec lesquelles on n'est pas en contact direct. En effet, il ne serait pas pertinent d'ouvrir des canaux avec tout le monde car cela engorgerait le réseau Bitcoin de transactions d'ouverture et de fermeture. Pour éviter cela, on utilise des intermédiaires (voir figure 4 ci-dessous).

Si Lucie veut envoyer 0,04 BTC à Jeanne, mais qu'elles n'ont pas de canaux ouverts entre elles, elles peuvent passer par Marc qui a un canal d'ouvert avec chacune d'elles. Ainsi, Lucie envoie 0,04 BTC à Marc qui se charge d'envoyer 0,04 BTC à Jeanne. Marc a la possibilité de demander des frais pour le service proposé. Ces frais sont souvent proportionnels aux montants transférés, de sorte qu'il reste plus intéressant de faire de gros paiements sur le réseau principal.

4. Lucie envoie des bitcoins à Jeanne en passant par Marc

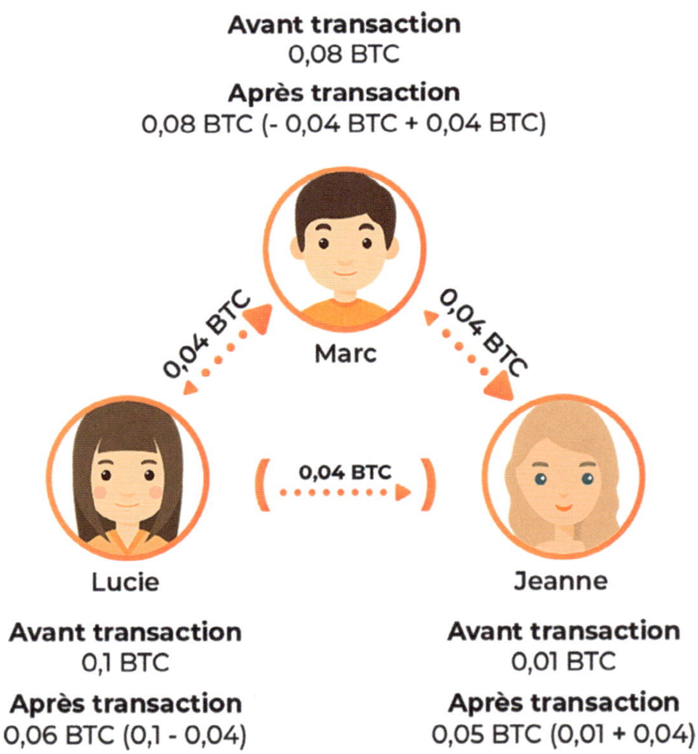

Source : Cryptoast

Ici, l'exemple est simple, mais il arrive de passer par plusieurs intermédiaires. À terme, si le réseau est davantage utilisé et arrive à corriger ses défauts, nous assisterons probablement à des transactions de forte valeur sur le réseau principal (pour profiter de sa sécurité) et à des transactions de faibles valeurs sur le réseau Lightning. Il sera également possible de mettre en place ce qu'on appelle le streaming de la valeur, c'est-à-dire qu'il sera possible de payer en continu un abonnement ou même un salaire via Lightning. Vous pourrez être payé chaque minute pour votre travail, car aucun intermédiaire ne prend de commission.

Lightning Network est toujours en cours de développement. Pour en apprendre davantage dessus, vous pouvez consulter l'article de Ludovic Lars sur notre site : https://cryptoast.fr/qu-est-ce-que-lightning-network/

Nous vous conseillons également deux ressources très intéressantes. La première est une note de Yorick de Mombynes pour l'Institut Sapiens intitulée « Comprendre le Lightning Network[1] ». La seconde est une série de vidéos explicatives réalisées par Fanis Michalakis[2].

Il existe encore plusieurs défauts à l'heure actuelle comme le risque de centralisation du réseau autour de quelques nœuds de routage (intermédiaires) qui pourraient refuser certaines transactions et affaiblir le réseau.

Il n'est pas possible d'envoyer des montants trop importants si les intermédiaires (ceux qui effectuent le routage) n'ont pas assez de BTC dans leurs canaux de paiement. Dans notre exemple, si Marc n'avait que 0,3 BTC, il n'aurait pas pu servir d'intermédiaire.

Taproot

Le 14 novembre 2021, Bitcoin a connu l'une de ses plus grosses mises à jour, depuis SegWit en 2017, avec la mise en place de Taproot. Cette mise à jour améliore les transactions multi-signatures (à plusieurs participants) et réduit leurs frais grâce à l'intégration des signatures de Schnorr. Elle permet également d'améliorer l'utilisation des contrats intelligents dans Bitcoin en permettant plus de confidentialité mais aussi une standardisation ainsi qu'une meilleure scalabilité (passage à l'échelle).

1. www.institutsapiens.fr/wp-content/uploads/2020/06/Comprendre-le-Lightning-network.pdf

2. www.youtube.com/watch?v=PszWk046x-I

Que sont les signatures de Schnorr ?

C'est une méthode de signatures différente de celle qui était utilisée jusque-là dans Bitcoin, appelée ECDSA. Il est maintenant possible d'utiliser l'une ou l'autre, au choix.

En savoir plus sur les signatures de Schnorr, grâce à l'article écrit par Ludovic Lars : https://cryptoast.fr/signatures-schnorr/

Ces ajouts concernent une utilisation avancée de Bitcoin et resteront invisibles pour la majorité de ses utilisateurs.

Pour que la mise à jour commence à être déployée, il fallait que 90 % des blocs minés pendant deux semaines minimum contiennent une indication selon laquelle ceux qui les ont minés approuvent Taproot (voir capture d'écran ci-dessous). Cela a été le cas le 12 juin 2021 et Taproot a été implémentée courant novembre 2021.

Vue des derniers blocs minés sur Bitcoin

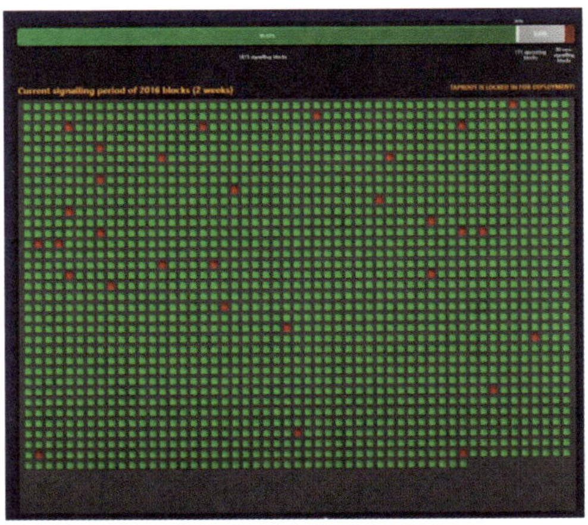

Les carrés verts correspondent aux blocs avec un message favorable, les rouges avec un message défavorable et les gris avec aucun message. Ce sont les mineurs qui indiquent leur accord, ou non, pour cette mise à jour.

Source : www.coindesk.com/tech/2021/06/12/locked-in-bitcoins-taproot-upgrade-gets-its-90-mandate/

Taproot est un *soft fork*, une modification du protocole qui n'entraîne pas la création d'une autre blockchain. Les mineurs et les nœuds avaient cinq mois pour mettre à jour leur logiciel Bitcoin Core vers la dernière version 0.21.1 contenant Taproot et d'autres améliorations. Lorsque le réseau a miné le bloc 709 632 (le 14 novembre 2021), Taproot a été activé et ses propositions d'amélioration contenues dans Bitcoin Core 0.21.1 sont entrées automatiquement en vigueur.

Une nouvelle version de Bitcoin Core est ensuite sortie, la version 0.22. De nouvelles versions sont régulièrement dévoilées.

Pour en savoir plus sur Taproot, vous pouvez consulter l'article de Ludovic Lars sur cryptoast.fr : https://cryptoast.fr/bitcoin-taproot-smart-contracts-confidentiels/

RGB

La dernière évolution que nous allons évoquer est très théorique, encore peu documentée et n'est pas encore prête à être implémentée : elle se nomme RGB.

Grâce à RGB, il sera possible de créer et d'échanger des actifs directement sur Bitcoin (et le Lightning Network). Ces échanges bénéficieront ainsi de la même sécurité que le *layer* (la couche) sur lequel ils reposent.

On estime qu'avec RGB, il sera possible de créer des actifs fongibles et transférables avec de nombreux paramètres secondaires tels qu'une inflation prédéfinie, des droits d'émission de nouveaux jetons à certaines adresses en particulier, droits de *burn* (brûler des actifs, c'est-à-dire les détruire), etc. Cela rendrait possible la création de NFT (jetons non fongibles, qui font l'objet d'une partie dédiée) mais aussi d'applications décentralisées comme des plateformes d'échanges de jetons. Ou encore des applications liées à l'identité décentralisée, l'échange de messages privés, du stockage, et bien d'autres choses que nous ne pouvons encore imaginer.

Les préjugés autour de Bitcoin

Les préjugés sur Bitcoin ont la vie dure. Nous entendons régulièrement les mêmes arguments et idées préconçues de la part des détracteurs du Bitcoin, nous allons tâcher de les démentir.

« Bitcoin est la monnaie des criminels. »

Idée reçue très utilisée par ceux qui souhaitent discréditer le Bitcoin : son utilisation majoritaire pour des transactions illicites, que cela soit du blanchiment d'argent, des achats de produits illégaux ou encore pour le financement du terrorisme. Il est vrai qu'à ses débuts, Bitcoin était très utilisé sur des sites du *darknet*, notamment pour l'achat de drogue sur la plateforme Silk Road. Cependant, même à cette époque, les transactions illégales représentaient au maximum 20 % des transactions de bitcoins[1].

D'après une étude publiée en janvier 2021 par Chainalysis, une entreprise spécialisée dans l'analyse des blockchains, la part des transactions en cryptomonnaies liées à des activités illégales représentait 0,34 % du total du volume échangé en 2020, soit 10 milliards de dollars[2].

Transactions illégales effectuées en cryptomonnaies

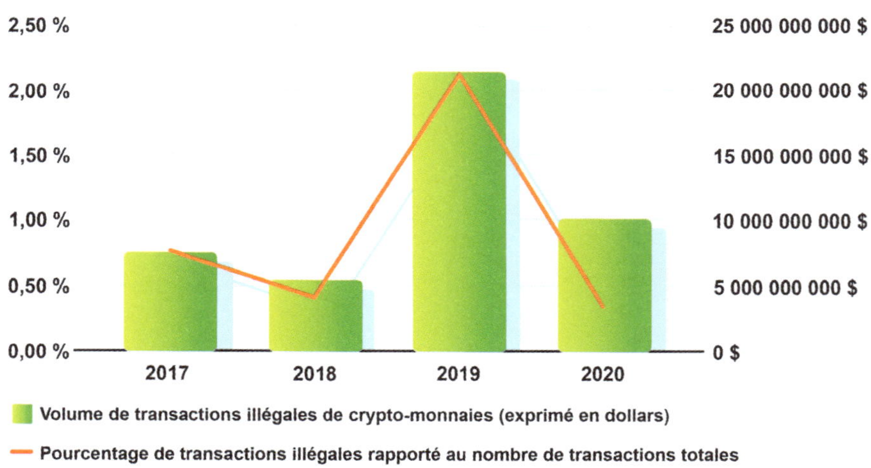

Source : https://go.chainalysis.com/rs/503-FAP-074/images/Chainalysis-Crypto-Crime-2021.pdf (page 5)

1. https://blog.chainalysis.com/reports/silk-road-doj-seizure-november-2020
2. https://cryptoast.fr/activite-criminelle-cryptomonnaies-fortement-diminue-2020/

Une affaire a fait du bruit en décembre 2020 : celle des coupons de bitcoins vendus en bureaux de tabac. Vingt-neuf personnes soupçonnées de financer un réseau djihadiste de cette manière ont été arrêtées. Il a été possible de suivre et d'arrêter ces personnes en partie grâce à la traçabilité de la blockchain Bitcoin, et ce n'est que lorsqu'ils sont convertis en « espèces que les fonds sont plus difficiles à suivre[1] ».

En effet, qui a dit que le Bitcoin était anonyme ? C'est d'ailleurs un des points noirs pour les cypherpunks, à partir du moment où on arrive à lier une identité à une adresse Bitcoin, il est possible de retracer tout l'historique de vos transactions. C'est pour cela qu'on dit que Bitcoin est pseudonyme et non anonyme.

Les plus fortunés de ce monde préfèrent largement utiliser ce bon vieux système bancaire comme le montrent les dernières révélations de la presse. Entre les Panama Papers, les Football Leaks, les Malta Files, les FinCEN Files, OpenLux ou encore les Pandora Papers, plus de 11 000 milliards de dollars sont détenus dans des sociétés offshores d'après un rapport de l'OCDE en 2020[2]. À ce jour, les transactions jugées comme illégales en cryptomonnaies ne représentent donc qu'une goutte d'eau par rapport à celles effectuées avec les monnaies fiduciaires.

« Le Bitcoin va faire bouillir la planète. »

« Le minage Bitcoin en route pour consommer toute l'énergie du monde en 2020. » C'est ce que titre le magazine d'actualité américain *Newsweek* le 11 décembre 2017[3]. La première chose que vous dirait Pierre Noizat, pionnier du Bitcoin et passionné de physique, c'est qu'on ne consomme pas de l'énergie, on la transforme !

La seconde chose à savoir est qu'une partie non négligeable de l'énergie qu'utilise Bitcoin provient de sources renouvelables, principalement de barrages hydroélectriques. Plus précisément, près de 76 % des mineurs utilisent en partie des énergies vertes[4]. Un pourcentage qui tend à augmenter au fil des années. Les mineurs de bitcoin vont en effet chercher de l'énergie là où il n'y a pas ou peu de demande, car c'est là-bas que le prix de l'électricité est le moins cher. Également, dans certaines régions du monde où l'électricité est abondante, il est possible que celle-ci soit gaspillée. Dans ce cas, il est tout à fait possible que l'activité des mineurs de bitcoin soit en capacité de récupérer

1. www.capital.fr/entreprises-marches/terrorisme-et-bitcoins-vendus-en-bureaux-de-tabac-plongee-au-coeur-dun-reseau-djihadiste-1388259
2. www.oecd.org/tax/transparency/documents/international-community-continues-making-progress-against-offshore-tax-evasion.htm
3. www.newsweek.com/bitcoin-mining-track-consume-worlds-energy-2020-744036
4. www.jbs.cam.ac.uk/faculty-research/centres/alternative-finance/publications/3rd-global-cryptoasset-benchmarking-study/ (pages 26-27)

cette énergie. Notez également que les mineurs de bitcoin sont très mobiles, ils peuvent se déplacer facilement. Ils ne vont pas se rendre en Hongrie où toute l'offre d'électricité est absorbée par la demande, mais plutôt en Islande, aux États-Unis ou au Canada où l'offre surpasse la demande.

Dan Held, le responsable de la croissance de la plateforme Kraken, précise : « En agissant en tant qu'acheteur d'électricité de dernier ressort, Bitcoin crée un prix plancher qui incite à financer des projets autour de nouvelles sources d'énergie qui seraient restées autrement inexploitées. »

On compare souvent la consommation du Bitcoin avec la consommation de certains pays, mais cela n'a aucun sens. Il est facile de le faire, car il est plutôt simple d'estimer l'énergie utilisée par le minage de bitcoin, contrairement à de nombreuses autres industries qui sont bien plus consommatrices et polluantes.

Prenons l'exemple de l'or ou du système financier. D'après certaines études, le réseau Bitcoin consomme deux fois moins que ces industries. Sans compter la pollution qu'entraîne le minage de l'or avec le rejet de produits chimiques.

Estimation de la consommation d'énergie annuelle

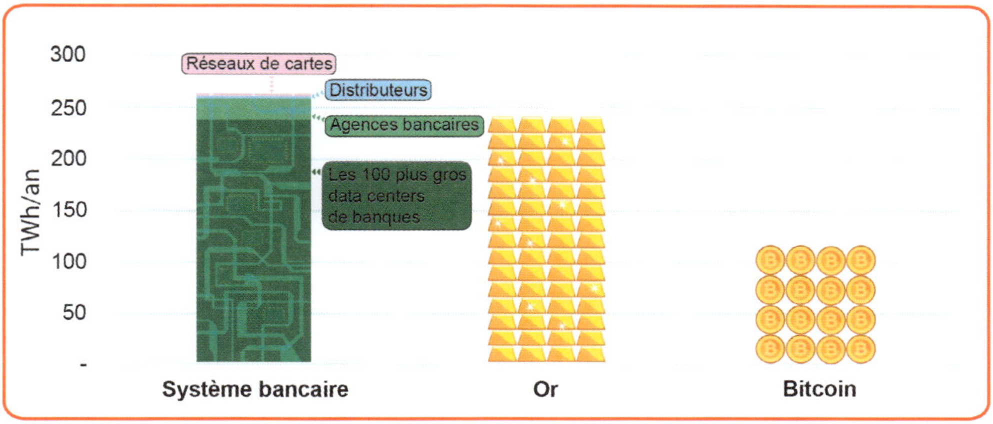

Source : Galaxy Digital sur www.lopp.net/pdf/On_Bitcoin_Energy_Consumption.pdf

À titre de comparaison, les serveurs de la plateforme de partage de vidéos YouTube consomment environ 600 TWh par an soit 2,5 % de l'électricité utilisée dans le monde[1]. Il est cependant indéniable que Bitcoin utilise et requiert une grande quantité d'énergie. Elle est nécessaire pour faire de celui-ci le réseau le plus sécurisé au monde.

« Le Bitcoin dépend des actions de la Chine. »

Une autre critique envers Bitcoin qui revenait régulièrement était sa dépendance à la Chine. Nul besoin d'épiloguer très longtemps, la Chine ayant banni le minage de bitcoin sur son territoire, la majorité des mineurs se sont déplacés dans d'autres pays.

Il est vrai que la majorité de la puissance de minage était localisée dans ce pays, En effet, ces dernières années, entre 50 et 60 % des fermes de minage étaient présentes en Chine du fait d'une électricité peu chère. Mais ce n'est plus le cas actuellement. En juin 2021, la Chine annonce que les mineurs de bitcoins doivent cesser leurs activités. Les fermes de minage débranchent leurs appareils les unes après les autres. L'impact sur le *hashrate* du Bitcoin est alors important. En quelques jours seulement, le réseau perd presque 50 % de sa puissance de calcul.

1. www.iea.org/commentaries/the-carbon-footprint-of-streaming-video-fact-checking-the-headlines

Le *hashrate*

C'est le nombre de calculs résolus par seconde. Un *hash* correspond à une empreinte numérique qui permet d'identifier une donnée. 1 MH/s équivaut à 1 000 hash par seconde, soit 1 000 empreintes par seconde. 1 TH/s correspond à 1 000 000 000 000 hash par seconde. En octobre 2021, le *hashrate* de Bitcoin est de plus de 140 TH/s, le nombre de calculs par seconde est incroyablement élevé.

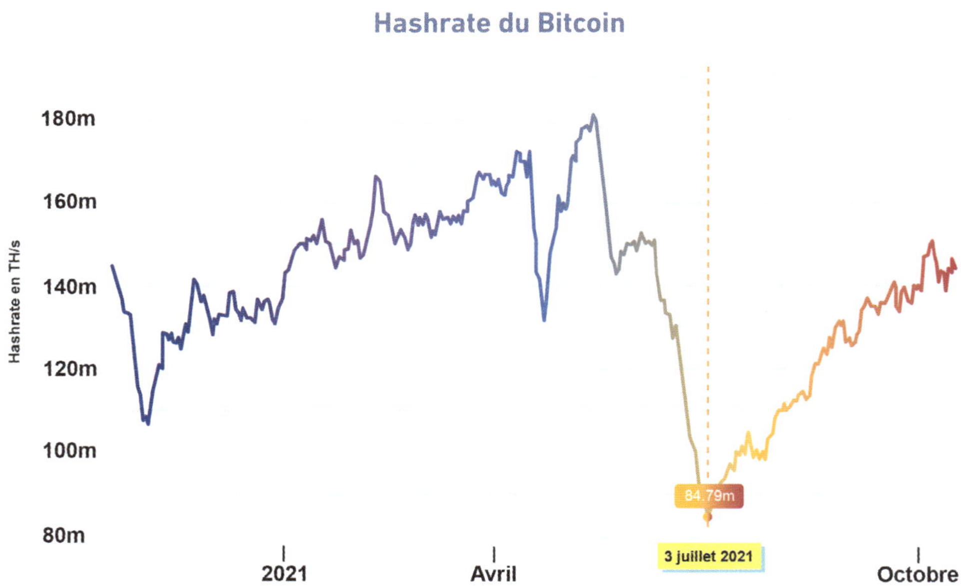

Estimation du nombre de terrahash par seconde exécuté pendant les dernières 24 heures sur le réseau Bitcoin.

Source : www.blockchain.com/charts/hash-rate

Il aura fallu quelques mois, le temps de déplacer et réinstaller les machines, pour que le *hashrate* atteigne de nouveau son niveau d'avant bannissement. Concrètement, cette mesure de la Chine est une très bonne chose, car les mineurs sont désormais dispersés aux quatre coins du monde. Le réseau est maintenant plus décentralisé que jamais et cela réduit le risque qu'un gouvernement ou une autre organisation s'approprie la puissance de calcul d'une grande quantité de mineurs.

Pour autant, cela ne veut pas dire qu'il n'y a plus aucun mineur de Bitcoin en Chine. Certains essaient de camoufler leurs traces en utilisant des outils (comme des VPN) pour masquer leurs adresses IP, ou encore en utilisant un réseau satellite non chinois. Il n'est pas exclu que la Chine fasse machine arrière et autorise de nouveau que des mineurs s'installent sur son territoire.

CHAPITRE 3

LES AUTRES CRYPTOMONNAIES

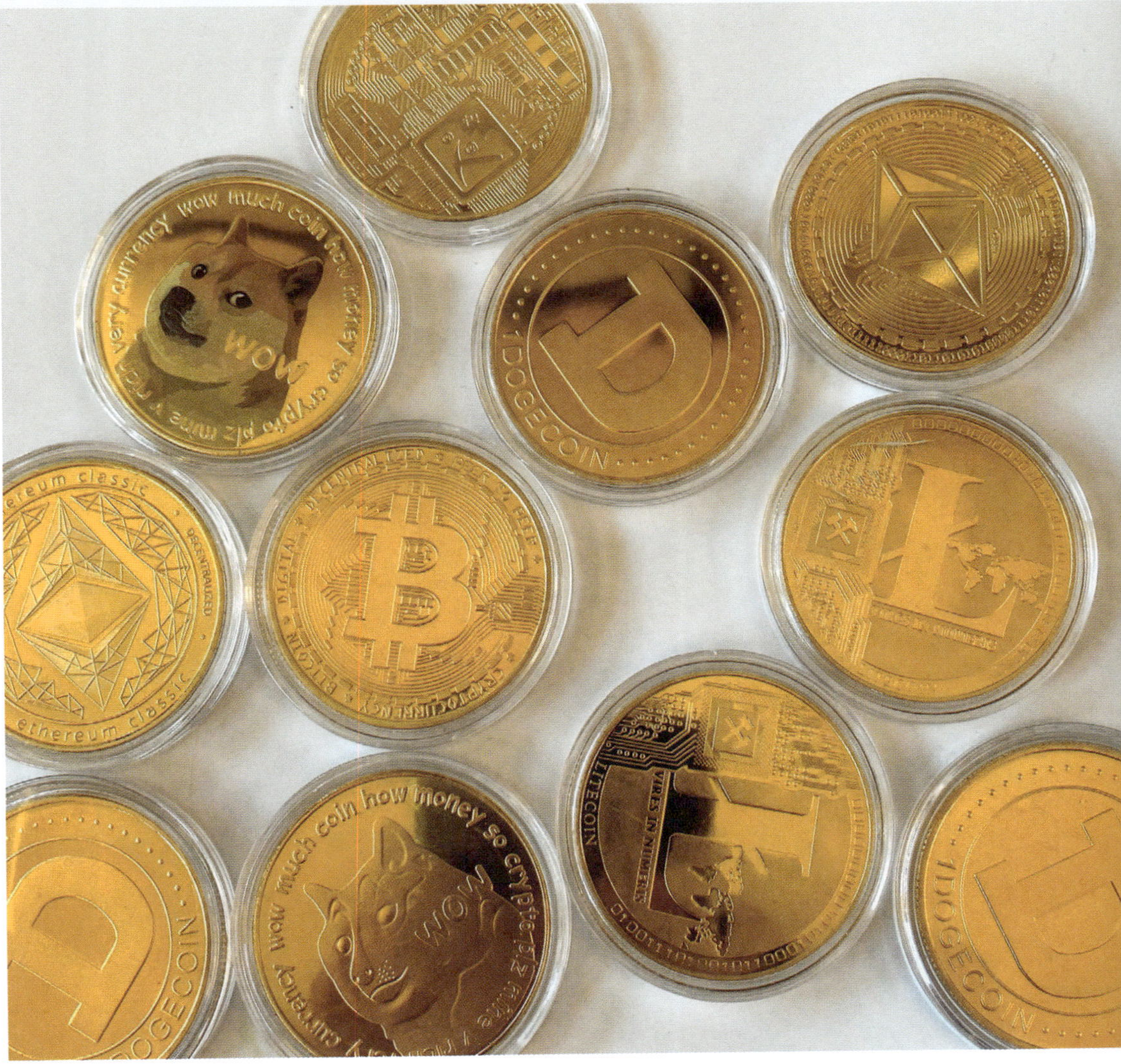

Pourquoi d'autres cryptomonnaies ?

Sur les traces du Bitcoin, de nombreuses cryptomonnaies ont vu le jour ; on en dénombre plusieurs dizaines de milliers à ce jour. La plupart d'entre elles essaient de résoudre certains « problèmes » ou « limites » de Bitcoin. En effet, pour certaines personnes, Bitcoin n'est pas optimal, notamment car son nombre de transactions par seconde (7 au maximum) serait trop faible. Elles pensent notamment que Bitcoin ne pourra jamais être utilisé comme moyen de paiement. Pour d'autres, l'énergie nécessaire au fonctionnement et à la sécurisation du réseau est trop importante et polluante. Enfin, certains jugent que les mises à jour et l'évolution de Bitcoin sont trop lentes et qu'on ne peut pas y développer des applications en surcouche.

Attention, cela ne veut pas dire que ces « limites » sont néfastes pour Bitcoin. L'utilisation importante d'énergie est nécessaire pour en faire le réseau le plus sécurisé au monde. Le nombre de transactions de 7 par seconde au maximum permet aux personnes qui souhaitent participer au réseau (en détenant un nœud) de le faire avec des appareils qui ne coûtent que quelques dizaines d'euros (avec des Raspberry Pi par exemple). Enfin, le fait de prendre son temps pour les mises à jour peut être considéré comme une bonne chose quand on y stocke pour des centaines de milliards d'euros de valeur.

Le fait que le code de Bitcoin et des cryptomonnaies soit très souvent *open source* facilite grandement la création de nouvelles cryptos. Il suffit de reprendre le code existant et de le modifier, inutile de tout recommencer de zéro.

Ainsi, notez que de très nombreuses cryptomonnaies sont uniquement créées à but spéculatif, sans la moindre innovation sous-jacente. C'est notamment pour cette raison qu'il faut faire des recherches poussées sur une cryptomonnaie si on souhaite y investir de l'argent.

Le saviez-vous ?

Il se crée de nouvelles cryptomonnaies tous les jours, elles ne sont pas toutes référencées par les sites comme CoinGecko ou CoinMarketCap qui en listent un peu plus de 10 000. D'après le site Coinopsy, plus de 2 200 cryptomonnaies sont considérées comme mortes (arnaques ou abandon du projet par exemple), le nombre réel est en fait bien supérieur.

Le trilemme des blockchains est un problème qui n'a pas encore été résolu. On estime, pour le moment, qu'aucune blockchain n'arrive à la fois à effectuer des transactions rapidement (à moindres frais), de manière sécurisée et avec une décentralisation optimale.

- La scalabilité correspond au maximum de transactions qu'il est possible d'effectuer en simultané, souvent exprimée en transactions par seconde.
- Pour qu'un réseau soit pleinement décentralisé, il doit être facile de le rejoindre et de participer à son fonctionnement. Il doit être possible pour n'importe qui de sécuriser le réseau et de créer un nœud pour le maintenir actif, quel que soit son emplacement géographique. C'est pourquoi il ne faut pas que le nombre de participants soit limité, ou que l'équipement nécessaire pour « monter » un nœud soit hors de prix.
- Pour que le réseau soit sécurisé, il doit être impossible pour une seule entité de modifier l'état des transactions et de corrompre la chaîne. L'authenticité de la blockchain ne doit pas être altérée.

Le trilemme des blockchains

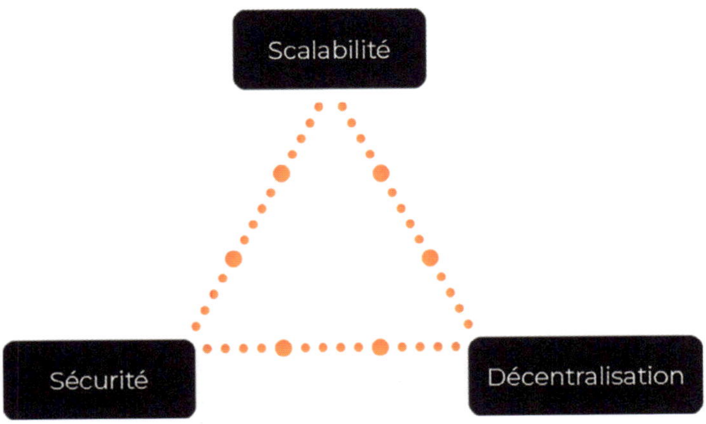

Source : Cryptoast

L'objectif ultime d'une cryptomonnaie est donc de cumuler ces trois caractéristiques pour se forger une communauté active. Si elle y parvient, il est probable qu'elle se hisse au rang des plus hautes capitalisations.

Bitcoin est considéré par la majorité des gens comme une valeur refuge et n'est, pour le moment, que peu utilisé comme moyen de paiement. Mais de nombreuses cryptomonnaies ont une autre proposition de valeur et ne partagent pas les mêmes caractéristiques que Bitcoin. D'autres algorithmes et mécanismes de consensus sont utilisés. Ces cryptomonnaies alternatives, appelées *altcoins*, n'adoptent pas nécessairement les mêmes règles, et il n'est pas possible d'y construire les mêmes applications, car les langages de programmation sont différents.

Des règles sont établies au niveau du protocole cryptographique et sont partagées avec toutes les personnes qui utilisent le réseau. À partir du moment où l'on utilise ou participe au réseau, on accepte ses règles.

Voici quelques exemples de règles dans Bitcoin :

- il n'y aura pas plus de 21 millions d'unités ;
- un bloc est créé toutes les 10 minutes environ ;
- le minage se fait grâce à de la puissance de calcul.

Pour Ethereum, la deuxième cryptomonnaie la plus connue, ces règles sont un peu différentes. Le nombre d'ethers (unité du réseau Ethereum) est illimité. Il n'y aura pas un nombre fini en circulation, contrairement aux bitcoins. Un bloc est créé environ toutes les 13 secondes, ce qui permet au réseau d'exécuter environ 15 transactions par seconde.

Ce ne sont pas les seules différences entre Bitcoin et Ethereum. Plusieurs consensus existent parmi les cryptomonnaies. Le consensus Nakamoto par la preuve de travail (PoW) est le plus connu d'entre eux. Ce consensus part d'un postulat simple, la blockchain qui a le plus grand nombre de blocs, donc qui contient le plus d'énergie, est la blockchain valide. Ethereum utilise une variante du consensus Nakamoto avec un autre algorithme, Ethash, qui permet d'éviter l'utilisation de machines spécifiquement dédiées à l'activité de minage.

Consensus Nakamoto

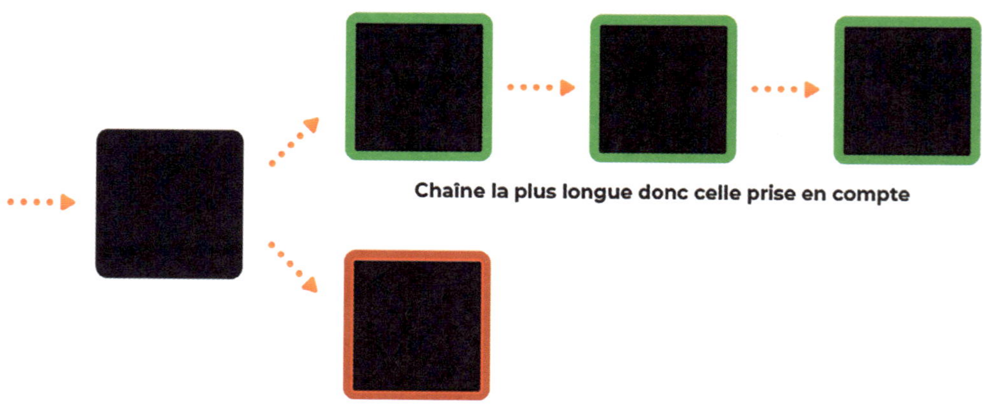

Source : Cryptoast

Qu'est-ce qu'un consensus ?

Également appelé algorithme de consensus ou mécanisme de consensus, c'est un moyen qui permet aux participants d'un réseau pair à pair (nœud) de se mettre d'accord sur un ensemble d'informations. C'est donc le moyen pour les nœuds de se mettre d'accord sur l'état des transactions dans le registre, la blockchain.

Pour en savoir plus sur les consensus : https://cryptoast.fr/liste-differents-consensus-cryptomonnaies-blockchain/

Différents algorithmes de minage sont utilisés par les mécanismes de consensus afin de sélectionner les mineurs qui créeront de nouveaux blocs.

Bitcoin utilise la preuve de travail nommée *proof of work* (PoW) en anglais. Cependant, toutes les cryptomonnaies n'utilisent pas de la puissance de calcul pour déterminer la personne qui produira le bloc (c'est-à-dire celle qui ajoutera les transactions). Certains protocoles cryptographiques choisissent une personne aléatoirement parmi toutes celles qui détiennent la cryptomonnaie sous-jacente. C'est ce qu'on appelle la preuve d'enjeu ou *proof of stake* (PoS) en anglais. Dans la preuve d'enjeu, un validateur est sélectionné au hasard parmi toutes les personnes qui utilisent leurs cryptomonnaies pour sécuriser le réseau. Dans la majorité des cas, plus vous détenez de jetons et plus vous avez de chances d'être la personne qui validera le bloc. Pour inciter les personnes à sécuriser le réseau, les mineurs (validateurs) sont récompensés par l'émission de nouvelles pièces ou jetons ainsi que par les frais de transaction. Pour être plus exact, il faudrait appeler ces personnes des « forgeurs ». Pour éviter les personnes malintentionnées, de nombreux réseaux font perdre les cryptomonnaies engagées s'il s'avère qu'une personne essaye de tricher.

Explication du principe de la preuve d'enjeu (PoS ou *proof of stake*)

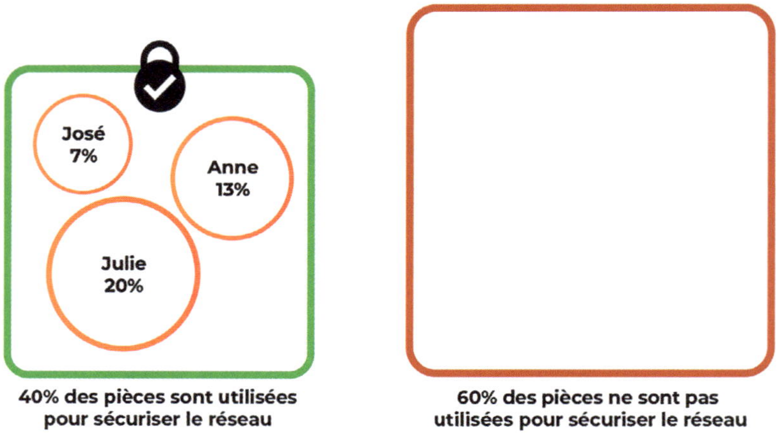

Source : Cryptoast

Dans l'exemple ci-dessus, comme Julie possède 50 % des pièces utilisées pour sécuriser le réseau (20 % des 40 %), alors elle aura une chance sur deux de miner le prochain bloc.

D'autres types de minage existent en plus du PoW et du PoS. Chaque système à ses propres avantages et défauts. Des systèmes centralisés auront tendance à pouvoir réaliser beaucoup plus de transactions par seconde, mais pourront être à la merci de quelques personnes ou entités.

D'autres indicateurs entrent en compte comme l'infrastructure nécessaire pour faire partie du réseau (être un nœud). Plus l'équipement informatique est coûteux et plus il sera compliqué de faire partie du réseau.

Le type de minage n'a rien à voir avec la rapidité des transactions et leurs frais associés. Cela se passe au niveau de l'architecture de la cryptomonnaie. Une cryptomonnaie dont la taille des blocs est très importante pourra inclure davantage de transactions et aura une meilleure scalabilité.

On emploie souvent les termes *token* ou *coin* dans l'univers des cryptomonnaies mais ces deux mots n'ont pas la même signification. Ils signifient respectivement « jeton » et « pièce » en français. On estime qu'une cryptomonnaie est une pièce lorsqu'elle utilise sa propre infrastructure, un bitcoin et un ether sont des pièces. Un jeton est une cryptomonnaie basée sur un réseau déjà existant. Toutes les cryptomonnaies qui utilisent le réseau Ethereum, en dehors de l'ether, sont considérées comme des jetons.

Pour en apprendre davantage sur les différences entre jeton et pièce, vous pouvez consulter l'article dédié écrit par Ludovic Lars : https://cryptoast.fr/coin-token-difference/

Crypto-actifs à usage monétaire

Chez Cryptoast, nous considérons bon nombre de crypto-actifs comme des cryptomonnaies : Bitcoin, Litecoin, Monero, Dash, Bitcoin Cash en sont quelques exemples.

Tous les crypto-actifs n'ont pas comme objectif d'être de la monnaie. Cependant, dans un souci de simplification, nous ne ferons plus la distinction dans la suite du livre entre crypto-actif et cryptomonnaie.

Bitcoin est évidemment la première cryptomonnaie ayant un objectif monétaire. Il est plutôt, pour le moment, considéré comme une réserve de valeur. Mais la vision des gens évolue au fur et à mesure, et il se pourrait que, d'ici quelques années, ils voient à nouveau Bitcoin comme une monnaie numérique.

Évolution de la perception des gens à propos du Bitcoin

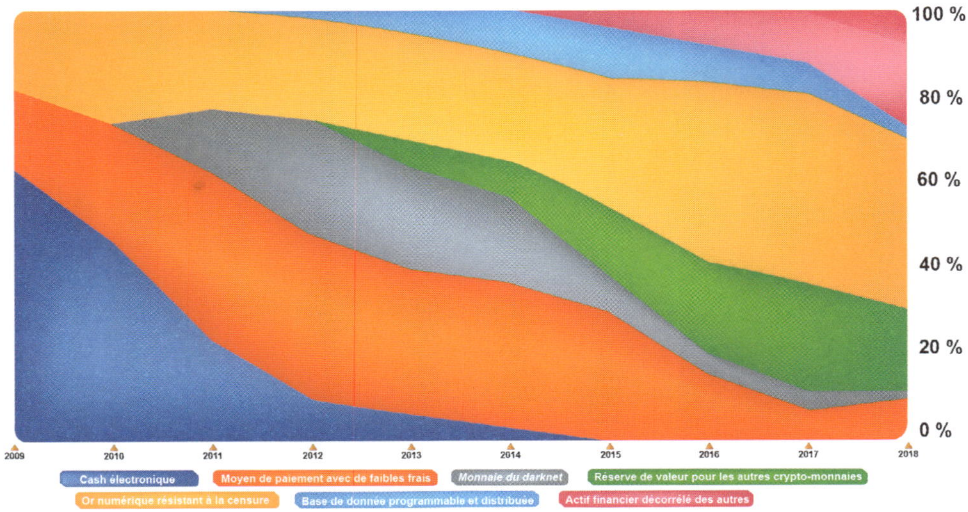

Source : https://medium.com/@nic__carter/visions-of-bitcoin-4b7b7cbcd24c

Beaucoup d'autres cryptomonnaies ont également un objectif monétaire.

Litecoin

Créé le 7 octobre 2011 par Charlie Lee, c'est le premier *fork* de Bitcoin. Litecoin est très proche de Bitcoin en termes de fonctionnement. Il est aussi basé sur la preuve de travail avec des *halvings* tous les quatre ans. Il existe tout de même certaines différences. Par exemple, les blocs sont produits plus rapidement, 2 minutes et 30 secondes au lieu de 10 minutes pour Bitcoin. L'algorithme de hachage n'est pas SHA256, donc il n'est pas possible de miner du Litecoin avec des machines de minage Bitcoin.

On considère souvent Litecoin comme un laboratoire. Historiquement, on y implante les modifications avant de les mettre en place sur Bitcoin.

En savoir plus sur Litecoin : https://cryptoast.fr/fiche-litecoin/

Monero

Monero (XMR de son symbole) est une autre cryptomonnaie ayant un objectif monétaire, mais fortement axée sur l'anonymat. Cette cryptomonnaie créée en avril 2014 utilise des procédés cryptographiques pour que personne ne soit en mesure d'analyser les détails d'une transaction. Il est quasiment impossible d'identifier la personne (l'adresse) qui a envoyé des XMR, la personne qui les reçoit et les montants impliqués.

La blockchain Monero se distingue également de Bitcoin par son procédé de minage. Même si le consensus se fait toujours par preuve de travail (PoW), les machines spécialisées de type ASICs sont compliquées à optimiser pour le minage de XMR.

Mineur de bitcoin Antminer ASIC

Source : www.tomshardware.fr/antminer-f3-premier-mineur-asic-pour-ethereum-la-fin-du-minage-sur-gpu

Pour en savoir plus sur Monero :
https://cryptoast.fr/fiche-monero/

Ripple

Ripple, société à la base du protocole de paiement du même nom et sa cryptomonnaie XRP, déchaîne les passions depuis plusieurs années. C'est un réseau de paiement utilisable par n'importe qui et permettant des transferts rapides et peu coûteux. L'objectif de la société est de concurrencer les systèmes de paiement comme SWIFT. Un premier point inquiétant est la centralisation du réseau autour de quelques acteurs qui vérifient et valident les transactions. Le deuxième est le nombre de pièces en circulation par rapport au nombre de pièces totales ainsi que le nombre de pièces possédées par les fondateurs et la société. L'un des créateurs du projet, Chris Larsen, possédait en 2018 plus de 6 milliards de pièces, soit près de 20 % des pièces en circulation à cette époque[1]. Moins de la moitié des pièces sont en circulation en octobre 2021 : 47 milliards sur 100 milliards. De nouvelles sont mises sur le marché au fur et à mesure.

Bitcoin Cash

Le dernier crypto-actif monétaire que nous allons présenter est le Bitcoin Cash, un autre *fork* de Bitcoin datant d'août 2017, lorsqu'une partie de la communauté s'est dissociée de la cryptomonnaie originelle Bitcoin pour mettre en place des modifications importantes. La taille des blocs a été augmentée pour inclure davantage de transactions et baisser les frais associés. Les membres de la communauté Bitcoin Cash ont annoncé faire cela pour

1. www.cnbc.com/2018/01/04/ripple-co-founder-is-now-richer-than-the-google-founders-on-paper.html

respecter le souhait originel de Nakamoto de faire de Bitcoin un système de cash électronique pair à pair (« *A Peer-to-Peer Electronic Cash System* »).

Cependant, le mauvais côté de l'augmentation de la taille des blocs se situe au niveau de la décentralisation. Plus les blocs sont lourds et plus il est compliqué de mettre en place des nœuds pour les particuliers, car cela nécessite du matériel plus coûteux. Les défenseurs de Bitcoin ont préféré construire des couches supplémentaires au-dessus du réseau principal.

Pour en savoir plus sur Bitcoin Cash : https://cryptoast.fr/fiche-bitcoin-cash/

Crypto-actifs et contrats autonomes

Ethereum et les cryptomonnaies similaires se caractérisent par l'utilisation de « contrats intelligents ».

Il s'agit de programmes ou codes informatiques qui ne nécessitent pas l'intervention d'un intermédiaire, d'un tiers de confiance, pour s'exécuter. Régulièrement appelé *smart contract* en anglais, le contrat intelligent devrait en réalité se nommer « contrat autonome » en français. En effet, ce programme n'est pas intelligent à proprement parler, mais se déclenche de manière arbitraire une fois certaines conditions remplies, lesquelles ont été codées dans le contrat informatique. Par ailleurs, notez que le terme « contrat » n'a pas ici de valeur juridique.

Ce concept a été formalisé par Nick Szabo en 1994. Bitcoin est la première implémentation stable d'un contrat intelligent au travers de son système de transactions. La création et l'utilisation massive de contrats autonomes se sont faites via le développement d'Ethereum, notamment grâce à son langage de programmation Solidity.

Donnons un exemple concret :
5 personnes envoient 1 ether chacune à un contrat intelligent, ce programme informatique enverra automatiquement les 5 ethers à un gagnant choisi aléatoirement dans X semaines ou plutôt dans X blocs (on parle en numéros de blocs plutôt qu'en unité de temps, un

bloc équivalent à environ 13 secondes dans Ethereum). Dans notre exemple, le contrat s'est déclenché en fonction du numéro d'un bloc, par exemple au 14 millionième bloc miné. Ce sont ce qu'on appelle des données présentes sur la blockchain (*on chain*).

Il est possible de déclencher certains contrats autonomes en fonction d'événements réalisés dans le monde réel. Pour cela, on utilise un oracle.

Qu'est-ce qu'un oracle ?

Une blockchain ne peut pas accéder à des données qui ne sont pas stockées dans son réseau. Pour que les applications décentralisées, via des contrats intelligents, puissent accéder à des données externes, il faut passer par un acteur qui les fournit : c'est ce qu'on appelle un oracle. Il est par exemple possible de déclencher des *smart contracts* en fonction d'une température ou d'un résultat sportif. Il faut faire attention à choisir un ou plusieurs oracles qui ont bonne réputation et qui ne peuvent pas être manipulés car les conséquences pourraient être désastreuses.

Pour en savoir plus sur les oracles, vous pouvez consulter l'article de Robin Berné sur le site de Cryptoast : https://cryptoast.fr/oracle-blockchain/

Grâce à ces oracles, les possibilités d'utilisation sont démultipliées. Les cas d'usage sont quasi infinis dans de nombreux secteurs, voici deux exemples, dans lesquels on pourrait imaginer que des cryptomonnaies soient utilisés comme moyen de paiement :

- le secteur de la mobilité : si un train à plus de deux heures de retard, alors le remboursement de 50 % de votre billet est effectué automatiquement ;
- le secteur de la logistique : si une cargaison de pièces est détectée comme arrivée à l'usine (via un capteur RFID), alors le paiement est immédiatement déclenché au fournisseur.

Il faut bien s'assurer que les informations fournies par un oracle sont correctes car elles peuvent dépendre de l'exécution, ou non, d'un contrat intelligent.

Les possibilités sont innombrables, mais ces contrats intelligents ne sont pas sans risques. Des contrats mal codés, avec des failles, peuvent être piratés ou exploités de manière malveillante pour voler des cryptomonnaies. Si les conditions sont réunies, peu importe que l'action soit bonne ou mauvaise, il est normalement impossible d'arrêter ou de modifier un contrat s'il n'est pas programmé pour. *Code is Law*, « le code est la loi », le code a toujours raison.

Ethereum

Une des figures les plus célèbres de la crypto-sphère est Vitalik Buterin, un des co-fondateurs d'Ethereum, crypto-actif qui a popularisé l'utilisation des *smart contracts*.

L'objectif d'Ethereum est d'être un ordinateur mondial géant décentralisé et distribué dans lequel fonctionnent des applications décentralisées et des *smart contracts* qui ne sont autres que des programmes informatiques. Plutôt que d'utiliser des serveurs centralisés, les applications décentralisées vont toutes tourner sur des ordinateurs ou serveurs mis à disposition par les participants au réseau Ethereum. Il n'y a donc pas un seul point unique de contrôle et moins de risques d'attaques ou de pannes. Si Facebook avait été construit sur Ethereum, il n'y aurait pas eu cette panne géante du 4 octobre 2021 pendant laquelle Facebook, Instagram et WhatsApp sont restés hors ligne pendant plusieurs heures[1].

Vitalik Buterin

Source : Shutterstock

N'importe qui peut construire une application décentralisée sur Ethereum, il n'y a pas de prérequis ni de barrière à l'entrée comme dans certaines industries à l'instar du secteur bancaire.

1. www.20minutes.fr/high-tech/3140507-20211005-panne-facebook-pourquoi-principaux-reseaux-sociaux-plante-pendant-six-heures-lundi

Qu'est-ce qu'une application décentralisée ?

Une application décentralisée, également appelée DApp pour *Decentralized Application* en anglais, est un assemblage de contrats intelligents permettant de réaliser des opérations plus ou moins complexes. Ces applications sont distribuées et répliquées, c'est-à-dire présentes dans les serveurs de différents acteurs éparpillés dans le monde. Un exemple de DApp serait une application qui récolte les fonds de participants, puis qui les place de manière automatique pour générer le plus de rendements possibles.

En apprendre davantage sur les applications décentralisées : https://cryptoast.fr/dapp-application-decentralisee-definition-explication/

Les adresses Ethereum sont de cette forme : *0x3fc650c54BC5a1Ae0b18eE6898a5C457EA410459*

Elles commencent toujours par 0x. Si vous envoyez des ethers, vous devrez choisir une adresse de ce type. Les contrats intelligents ont aussi des adresses qui permettent de les identifier. La cryptographie avec des clés publiques, clés privées et adresses est très similaire à celle de Bitcoin.

Des mineurs sont également chargés de valider et d'inclure les transactions. Le type de minage utilisé est la preuve de travail (PoW), tout comme le Bitcoin. Cependant, ce système devrait progressivement changer.

Ethereum 2.0 devrait être une révolution avec la mise en place de plusieurs changements. Premièrement, le passage en *proof of stake* (PoS), ou preuve d'enjeu en français, qui permettra à Ethereum de ne plus utiliser une grosse quantité d'énergie pour protéger son réseau.

Pour améliorer le volume de transactions en simultané et les frais de transactions très élevés, le *sharding* devrait être implémenté.

Qu'est-ce que le *sharding* ?

Le *sharding*, qui signifie « éclater » en anglais, est une solution qui pourrait permettre à Ethereum d'augmenter son volume de transactions. Cela consiste à répartir le stockage et l'exécution des *smart contracts* ainsi que des transactions en différentes fractions d'une base de données.

En apprendre davantage sur le *sharding* : https://cryptoast.fr/sharding-ethereum-scalabilite/

Plusieurs solutions sont en cours de développement pour résoudre les problèmes de frais de transactions sur Ethereum. Une transaction peut coûter plusieurs dizaines d'euros. Ce sont des solutions de deuxième couche, il en existe de différents types, chacune ayant ses avantages et ses inconvénients. Deux des solutions les plus connues sont les ZK Rollups et les Optimistic Rollups, elles permettent à Ethereum de passer à l'échelle tout en conservant la sécurité du réseau principal et de manière décentralisée.

D'autres moyens sont également développés, on peut notamment citer Polygon et xDai, renommé Gnosis Chain.

On écrit « Ethereum » pour le réseau et « l'ether » pour l'unité d'échange. Les frais de transaction sont payés en ethers. Tout comme le satoshi, l'ether se divise en gwei, 1 ETH = 1 000 000 000 gwei. Pour utiliser le réseau Ethereum, c'est-à-dire réaliser des transactions ou autres opérations, vous devez consommer du gaz. Ce gaz (*gas* en anglais) est comparable à du carburant et est utilisé pour réaliser des opérations. Plus l'action à réaliser est complexe et plus ces frais vont être importants.

Les innovations sur Ethereum sont extrêmement nombreuses, des *tokens* ERC-20 à la finance décentralisée, en passant par les NFTs (voir les chapitres dédiés plus loin). Des milliers de développeurs travaillent sur Ethereum, la quantité de nouveaux projets est astronomique, pour le meilleur et pour le pire.

Voici certaines innovations permises par Ethereum :

- ERC-20 : ce sont des jetons, ou *tokens*, créés directement sur Ethereum. Ils dépendent du réseau ETH et utilisent les mêmes adresses (commençant par 0x). Il est très facile de développer des jetons sur Ethereum sans avoir de notions en développement. On parle

de jeton ERC-20 car ils suivent tous la même structuration.

- ERC-721 : ces jetons dont nous parlerons plus longuement dans une autre partie sont des jetons uniques. Un jeton ERC-721 n'est pas identique à un autre jeton ERC-721, ils ont chacun leurs caractéristiques. C'est ce qu'on appelle plus communément des NFTs (*Non Fungible Tokens*) ou « jetons non fongibles ».

Ethereum évolue rapidement et se met régulièrement à jour. Parfois, plusieurs mises à jour importantes peuvent être réalisées dans une même année.

La mise à jour EIP 1559 s'est effectuée le 5 août 2021. Les mineurs sur le réseau Ethereum sont rémunérés par les récompenses de bloc (*block rewards*) et par les frais de transaction. Cette évolution (EIP 1559) a mis en place un système de *burn*, c'est-à-dire qu'une partie des frais sont brûlés (détruits) et ne sont plus distribués aux mineurs. Cela pourrait rendre le réseau Ethereum déflationniste si plus d'ethers sont brûlés que créés, comme cela a été le cas déjà plusieurs fois. Rappelons qu'il n'existe pas de nombre maximum d'ethers en circulation, contrairement aux 21 millions de bitcoins maximum.

Les autres cryptomonnaies utilisant des *smart contracts*

Beaucoup d'autres projets sont des crypto-actifs qui utilisent des *smart contracts* pour construire des applications décentralisées. Nous en avons listé quelques-uns avec certaines de leurs caractéristiques associées.

La blockchain Tezos permet également d'exécuter des contrats intelligents et de créer des applications décentralisées. Son fonctionnement se fait par preuve d'enjeu (liquide[1]), ce qui permet davantage de transactions par seconde, pour le moment, que sur Ethereum. Le langage de programmation est le Michelson, qui permet une meilleure lisibilité pour les développeurs et une meilleure sécurité pour les *smart contracts* en diminuant le risque de bugs. Tezos se gouverne de manière autonome par l'intermédiaire de sa propre cryptomonnaie, le Tezos (XTZ). Ce sont donc les participants du réseau – dans le cas de Tezos, les *bakers* – qui choisissent les évolutions du protocole. Plus un validateur possède de XTZ, ou plus on lui en délègue, plus son pouvoir de vote est important.

La blockchain Tezos étant maintenue par de nombreux développeurs français, celle-ci est souvent associée à la francophonie. Toutefois, le projet étant décentralisé, il n'est pas véritablement correct de dire que Tezos est français.

En savoir plus sur Tezos : https://cryptoast.fr/fiche-tezos-xtz/

La Binance Chain est l'une des blockchains de la plateforme d'échange Binance. À l'origine, le BNB qui est le jeton utilitaire de Binance, était un *token* ERC-20, c'est-à-dire basé sur la blockchain Ethereum. En avril 2019, Binance dévoile sa propre blockchain avec la Binance Chain et migre son jeton dessus.

Une autre blockchain est développée au sein de la Binance Chain : la Binance Smart Chain (BSC). Compatible avec la machine virtuelle Ethereum, il est très facile pour les développeurs d'implémenter des applications décentralisées d'Ethereum vers la BSC. Des équivalents aux principales applications décentralisées sur Ethereum ont vu le jour sur la BSC. Les frais étant bien plus faibles sur la BSC en comparaison à Ethereum, la plupart des « petits porteurs » se sont mis à utiliser cette blockchain. L'un des points noirs de la Binance Chain étant sa centralisation, seules 21 entités

1. Ceux qui délèguent leurs jetons touchent les récompenses de validation (en payant tout de même des frais au boulanger/mineur), d'où le caractère « liquide » de la preuve d'enjeu. Cette action est appelée *staking*. Les gens peuvent déléguer des jetons à un mineur et le mineur leur reverse une partie des récompenses.

se chargent de la création des blocs et l'infrastructure nécessaire pour le maintien d'un nœud est très coûteuse.

Pour rappel, le BNB permettait initialement de réduire les frais sur la plateforme d'échange. Il permet aussi aujourd'hui de participer à des levées de fonds spécifiques sur Binance. Le jeton est maintenant au cœur de leurs blockchains, car nécessaire pour payer les frais de transaction.

Pour en apprendre davantage sur le BNB de Binance : https://cryptoast.fr/fiche-binance-coin-bnb/

La blockchain Solana souhaite concurrencer Ethereum en utilisant une architecture originale qui permet de réaliser plusieurs dizaines de milliers de transactions à la seconde avec des frais proches de zéro. Solana utilise le consensus du *proof of history* (PoH), les transactions sont validées par rapport à leurs horaires d'entrées et de sorties via la cryptographie. Solana utilise également le *proof of stake* (PoS) qui permet de mettre des pièces en *staking* pour sécuriser le réseau. Les validateurs du réseau sont sélectionnés en fonction du nombre de coins SOL (unité de compte du réseau Solana) qu'ils possèdent. Un peu moins de 500 millions de SOL seront en circulation une fois que toutes les récompenses auront été distribuées.

Cette cryptomonnaie est soutenue, à l'instar de la Binance Chain, par des cadors du secteur comme la plateforme d'échange FTX et son fondateur Sam Bankman-Fried. Petit point noir sur la décentralisation du réseau : pour faire tourner un nœud, il faut du matériel informatique très coûteux en comparaison de Bitcoin et d'Ethereum. Le réseau s'est également arrêté pendant plusieurs heures en septembre 2021[1] et a dû être redémarré, ce qui est inconcevable pour des blockchains comme Bitcoin ou Ethereum. Enfin, les pièces (*coins*) du réseau Solana sont majoritairement détenues auprès de certains investisseurs, principalement des fonds d'investissement.

En découvrir plus sur Solana : https://cryptoast.fr/solana-sol-blockchain-atypique-grandes-ambitions/

1. https://cryptoast.fr/solana-sol-hors-ligne-heures-consequences-reseau/

Stablecoins

Ce sont des cryptomonnaies qui répliquent la valeur d'un autre actif et qui sont adossées, ou plutôt garanties, par celui-ci. Par exemple, il existe des crypto-actifs qui répliquent la valeur d'un dollar.

Pourquoi utiliser ce type de cryptomonnaies stables ? Elles permettent de se protéger de la volatilité extrême du marché des cryptos. Si vous vendez des ETH pour de l'USDC, ce dernier devrait toujours valoir 1 dollar, alors que le prix de l'ETH fluctue en permanence.

Les cryptomonnaies stables sont également utilisées pour éviter d'échanger des cryptomonnaies contre des monnaies fiat (euros, dollars, etc.) ce qui est un fait générateur d'imposition en France au moment de l'écriture du livre.

Les deux *stablecoins* les plus utilisés sont créés par la société Tether avec l'USDT, et le consortium CENTRE, composé de Circle (société de paiement) et Coinbase (plateforme d'échanges), avec l'USDC. De nombreux autres actifs de ce type existent, basés sur le dollar comme le Binance USD (BUSD) ou sur le prix d'une once d'or avec le PAX Gold (PAXG).

Ces cryptomonnaies stables sont, pour le moment, moins utilisées lorsqu'elles sont adossées à l'euro. Il en existe tout de même certaines comme le Stasis Euro (EURS) ou l'Euro Tether (EURT).

Ces *stablecoins* sont tous centralisés, car ils dépendent d'entités émettrices. Celles-ci sont censées avoir en stock l'équivalent des montants émis en cryptomonnaie en dollars ou en euros, mais aussi via d'autres formes d'actifs. Ainsi, Tether devrait avoir l'équivalent de plus de 70 milliards de dollars dans ses coffres pour permettre à tout le monde de vendre ses USDT et de récupérer des dollars hors du marché des cryptomonnaies.

Ces entités sont contraires à l'idée de décentralisation, car elles peuvent, à leur bon vouloir, bloquer le transfert de leurs *stablecoins*. Par exemple, la société Tether bloque régulièrement des USDT qui ont été dérobés lors de hacks ou d'exploitation de bugs. Il se pourrait qu'ils le fassent également à la demande de gouvernements ou d'entreprises par exemple.

En parallèle, plusieurs cryptomonnaies stables tentent de se passer d'intermédiaires. Par exemple, le DAI est un *stablecoin* fonctionnant sur Ethereum développé et géré par le protocole Maker et par l'organisation décentralisée Maker DAO. Cette cryptomonnaie stable qui suit le cours du dollar est la première du genre, car elle est décentralisée et ne dépend d'aucune entité.

Initialement, il n'était possible de créer du DAI qu'en mettant en collatéral[1] de l'ETH. Pour créer 50 DAI, il fallait mettre l'équivalent de 100 DAI en Ethereum. Si vos ethers ne valent plus que 50 DAI (environ), le protocole vend vos ETH automatiquement pour s'assurer de ne pas être en faillite, on dit que vos ETH sont liquidés. Le DAI est donc sur-collatéralisé en permanence, il dispose dans ses « caisses » de plus de fonds en ETH que de fonds émis en DAI. Lorsque l'utilisateur souhaite récupérer ses actifs, il n'a qu'à rembourser le montant emprunté et fermer son prêt. Nous aborderons ce fonctionnement plus en détail dans la suite du livre.

Pour en apprendre davantage sur les *stablecoins*, vous pouvez consulter l'article suivant : https://cryptoast.fr/stable-coin-crypto/

En outre, il est possible d'émettre du DAI en mettant des USDC en collatéral, ce qui empêche la liquidation car le prix de

1. Le collatéral est comme un prêt sur gage : on dépose plus que ce qu'on emprunte pour que le prêteur ne soit pas lésé si on ne rembourse pas (voir aussi « Collatéralisation » dans le lexique en fin d'ouvrage).

l'USDC ne varie pas, mais ce qui en fait un *stablecoin* bien plus centralisé. Environ 40 % des DAI créés le sont via un dépôt d'USDC.

Il existe également d'autres cryptomonnaies, plus expérimentales, qui essayent de nouvelles manières de maintenir une stabilité de façon décentralisée, sans organe de contrôle. Ces mécanismes s'appuient principalement sur des algorithmes qui adaptent le nombre d'unités de cryptomonnaies disponibles en fonction du prix associé. Si un jeton vaut 1,2 euros, de nouveaux jetons sont émis pour faire diminuer la valeur d'un jeton à 1 euro, et inversement.

Crypto-actifs innovants

Le monde des crypto-actifs regorge d'innovations et de nouvelles technologies. De nouveaux systèmes et consensus sont constamment inventés et développés. Voici quelques crypto-actifs qui ont retenu notre attention.

Polkadot

Polkadot a été fondé par Gavin Wood, l'un des co-fondateurs d'Ethereum. L'objectif de ce protocole est de mettre en place un réseau interconnecté de blockchains, afin qu'elles puissent communiquer ensemble. On appelle ces blockchains des *parachains* ou « para-chaînes ». Particulièrement innovant et faisant le pari de l'interopérabilité, le protocole Polkadot a été conçu pour connecter et sécuriser des blockchains uniques, qu'il s'agisse de réseaux publics, de chaînes de consortiums privés, d'oracles ou d'autres technologies du Web 3.0. Plutôt particulier, le protocole Polkadot n'acceptera à terme que 100 *parachains*. En effet, la blockchain mère du protocole dispose pour le moment de 100 emplacements. Obtenir un emplacement sur cette blockchain mère n'est pas de tout repos. Les *parachains* doivent se battre via des enchères, et celle qui sera capable d'allouer le plus de fonds à l'opération remportera l'enchère.

La cryptomonnaie associée à Polkadot est le DOT. Cette cryptomonnaie permet de régler les frais de transaction et d'utilisation du réseau. C'est aussi avec le DOT que les *parachains* peuvent participer aux enchères. Concernant les utilisateurs du réseau, ces derniers peuvent prêter leurs DOT à de potentielles *parachains* lors d'enchères, afin de les aider à les remporter. Si c'est le cas, l'utilisateur qui aura prêté des DOT à la nouvelle *parachain* active recevra des récompenses sous forme de *tokens*.

Le protocole Polkadot est complexe et regorge d'innovations. Pour en savoir plus, consultez cette fiche dédiée : https://cryptoast.fr/polkadot-dot/

Avalanche

Le projet Avalanche, avec sa cryptomonnaie AVAX, est une plateforme dédiée aux *smart contracts*, dotée d'une infrastructure originale. Toujours *open source*, Avalanche utilise un consensus, du nom de Snow*. Cette famille inclut d'autres protocoles comme Snowflake ou Snowball. Ce type de consensus fonctionne via *gossip*, c'est-à-dire que les nœuds partagent les transactions avec leurs nœuds voisins, choisis au hasard, au fur et à mesure.

Pour sécuriser son réseau, et résister aux attaques de type Sybil, Avalanche utilise la preuve d'enjeu (PoS), qui consiste à *staker* ses pièces AVAX. Chaque nœud qui participe au réseau bloque un nombre de pièces et participe à la validation des transactions. En cas de tentative de triche, les pièces sont perdues, on appelle cela le *slashing*.

Ce crypto-actif permet plusieurs choses comme la création de « sous-crypto-actifs » appelés *smart assets* avec des règles et conventions personnalisées. Il est possible d'ajouter des fonctionnalités pour personnaliser chaque actif, comme empêcher qu'il soit échangé avant une certaine date par exemple. Les possibilités sont nombreuses et intéressantes pour s'adapter à de nombreux besoins.

Si ce projet vous intéresse, vous pourrez en apprendre davantage grâce à l'article explicatif de Clément Wardzala : https://cryptoast.fr/avalanche-avax/

Avalanche ne se compose pas d'une seule blockchain, il comporte des sous-réseaux. Chaque sous-réseau peut choisir qui peut y entrer et qui sera validateur. Cela permet la mise en place de blockchains privées ou de restreindre l'accès à certaines juridictions ou acteurs.

Ce réseau supporte aussi la création et l'hébergement d'applications décentralisées. Chaque DApp a sa propre blockchain, son réseau indépendant.

Qu'est-ce qu'une attaque de type Sybil ?

C'est une attaque malveillante dans laquelle un ou plusieurs attaquants cherchent à corrompre le réseau pour en prendre le contrôle. Dans ce type d'action, les agresseurs créent de nombreux nœuds pour augmenter leur influence et s'approprier le réseau.

Les DAG

Les DAG pour *Directed Acyclic Graphs* sont utilisés par certains projets de cryptomonnaies à l'instar des blockchains. Ce type de technologie était utilisé bien avant son adaptation dans le secteur des crypto-actifs.

Ce système a une structure particulière. Dans les structures classiques de blockchains, chaque bloc regroupe plusieurs transactions et fait référence au précédent : la chaîne de blocs ainsi créée est un registre dit synchrone.

Les graphes acycliques sont des registres asynchrones : le payeur crée un bloc pour chaque transaction qu'il souhaite effectuer, qui est connecté au bloc du bénéficiaire. Chaque transaction est ensuite validée par consensus par les différents nœuds du réseau, en ayant préalablement contrôlé que la balance globale (*balance account model*, et non UTXO) de la clé publique du payeur est suffisante, c'est-à-dire que la personne qui envoie la transaction dispose bien des fonds nécessaires.

Dans le cas d'un DAG, il n'y a pas de liens entre les nœuds, il n'y a pas d'ordre défini entre ceux-ci. Si vous naviguez dans le « graphe », vous ne pourrez pas suivre un chemin défini. Il est possible de naviguer d'un nœud à l'autre de manière directe, c'est-à-dire de passer du nœud A au W directement.

Pour éviter que deux transactions soient prises en compte, les DAG utilisent aussi des consensus afin de valider les transactions avant de les ajouter.

Le plus gros avantage des DAG face aux blockchains est la vitesse des transactions et les frais proches de zéro, car il n'y a pas de recours au minage. On note aussi qu'une transaction, une fois validée par le réseau, ne peut pas être annulée. Il n'est pas possible de modifier l'état de la « chaîne » comme cela a déjà été le cas sur d'autres blockchains.

Le plus gros inconvénient avec ce type d'infrastructure est la sécurité, notamment le spam du registre. Il est possible d'inonder le réseau avec beaucoup de transactions de faible valeur pour pousser les nœuds validateurs au maximum de leur capacité.

Plusieurs cryptomonnaies utilisent ce système comme Iota, Nano, Fantom ou encore Hashgraph.

Comparaison entre structure classique de blockchain et DAG

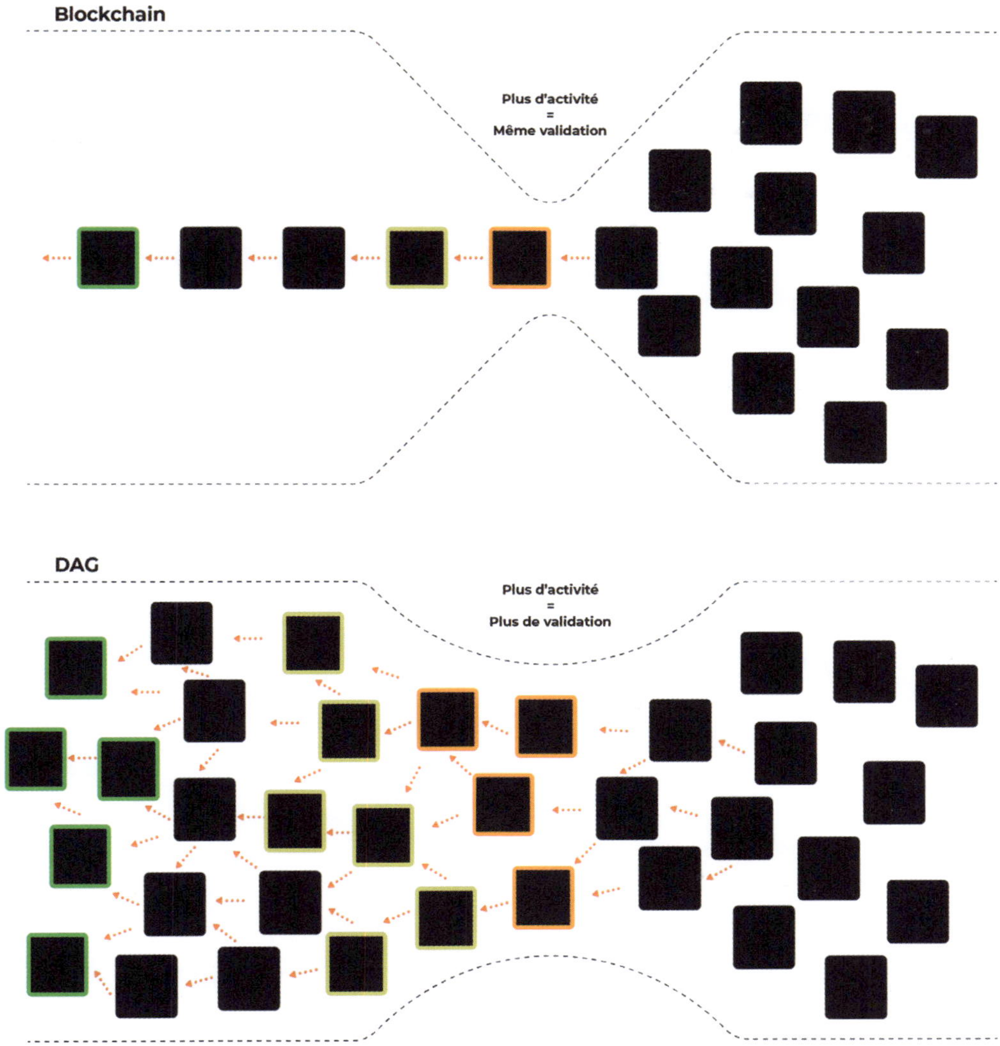

Source : Cryptoast

Si vous souhaitez approfondir ce sujet, vous pouvez consulter l'article de Guillaume Chanut sur Cryptoast : https://cryptoast.fr/dag-directed-acyclic-graph-definition/

Cosmos

Le projet Cosmos ambitionne de créer l'Internet des blockchains. Son objectif est de relier les différentes blockchains existantes en supprimant les barrières qui les séparent. Puisqu'il est complexe d'effectuer des transactions entre deux blockchains différentes, Cosmos fournit des solutions aux développeurs pour y arriver de manière décentralisée via différents outils *open source*.

Au cœur de l'écosystème Cosmos se trouve Tendermint, un outil qui permet aux développeurs de facilement construire leur propre blockchain sans se préoccuper des aspects techniques comme le consensus ou la création du réseau. Tendermint est connecté avec la suite ABCI (*Application Blockchain Interface*) qui permet au développeur de choisir le programme dans lequel il souhaite programmer.

Cosmos SDK permet de simplifier la création d'applications blockchain au-dessus de l'outil Tendermint. Les développeurs peuvent aussi créer leurs propres applications ou modifier des existantes. Le SDK permet également une bonne intégration entre les différentes applications et est utilisable avec n'importe quel réseau implémentant ABCI.

IBC, pour *Inter-Blockchain Communication protocol*, a comme objectif de connecter les blockchains entre elles via des Hubs ou des Zones pour limiter le nombre de connexions. Plutôt que de faire un pont entre chaque blockchain, ce qui équivaudrait à des milliers de ponts, il y aura des regroupements. L'objectif est de connecter les blockchains qui utilisent les outils Cosmos mais aussi d'autres comme Bitcoin et Ethereum.

L'un des plus gros projets de cryptomonnaies construit grâce au réseau Cosmos est le projet Terra (LUNA).

Pour en découvrir davantage, vous pouvez consulter cet article : https://cryptoast.fr/quest-ce-que-le-cosmos-atom-et-comment-en-acheter/

MNBC et projets privés

MNBC

Une MNBC, ou monnaie numérique de banque centrale, est une version exclusivement numérique des monnaies fiat, même si la majorité de notre monnaie est déjà électronique. Une telle monnaie est émise et gérée par les banques centrales.

Le principal avantage des MNBC est qu'elles permettent de programmer l'argent. Il est ainsi possible, par exemple, de distribuer de la monnaie uniquement à une partie de la population dans le cadre d'un revenu universel. Mais aussi de réaliser des transactions et paiements de manière instantanée 24 heures sur 24 et 7 jours sur 7 de manière locale et même internationale. Autre possibilité : la gestion des intérêts de manière automatique en les modifiant de manière positive ou négative en fonction des objectifs des banques centrales.

Le système bancaire a réalisé le retard considérable qu'il avait par rapport à des solutions comme PayPal, Apple Pay, Alipay, WeChat Pay et autres services de paiement. Avec l'arrivée des cryptomonnaies comme Bitcoin, des *stablecoins* et des projets de monnaies privées comme celle de Facebook (le Diem, voir plus bas), une prise de conscience a eu lieu et des expérimentations ont commencé à être menées dans de nombreux pays du globe. Certaines études estiment que près de 90 % des banques centrales du monde travaillent sur des versions numériques de leur monnaie[1]. Vous pouvez suivre l'avancée des monnaies numériques de banques centrales sur cbdctracker.org (voir capture d'écran page suivante).

On en sait encore peu sur le fonctionnement de ces futures monnaies numériques. Il est possible que le fonctionnement de ces registres en réseau soit différent en fonction des pays. Certains choisiront peut-être des réseaux publics, d'autres des réseaux privés, voire des réseaux permissionnés, c'est-à-dire hybrides, entre public et privé. Certaines utiliseront peut-être même des réseaux qu'on ne pourra pas qualifier de blockchains.

Il est tout de même peu probable que la majorité des banques centrales choisisse un réseau public, ouvert à tout le monde, dans lequel elles perdraient de leur pouvoir. Mais plutôt un réseau dans lequel la banque centrale a le pouvoir de valider ou pas les transactions et de créer de la monnaie comme elle le souhaite.

1. www.pwc.com/gx/en/industries/financial-services/assets/pwc-cbdc-global-index-1st-edition-april-2021.pdf

Monnaies numériques de banques centrales dans le monde

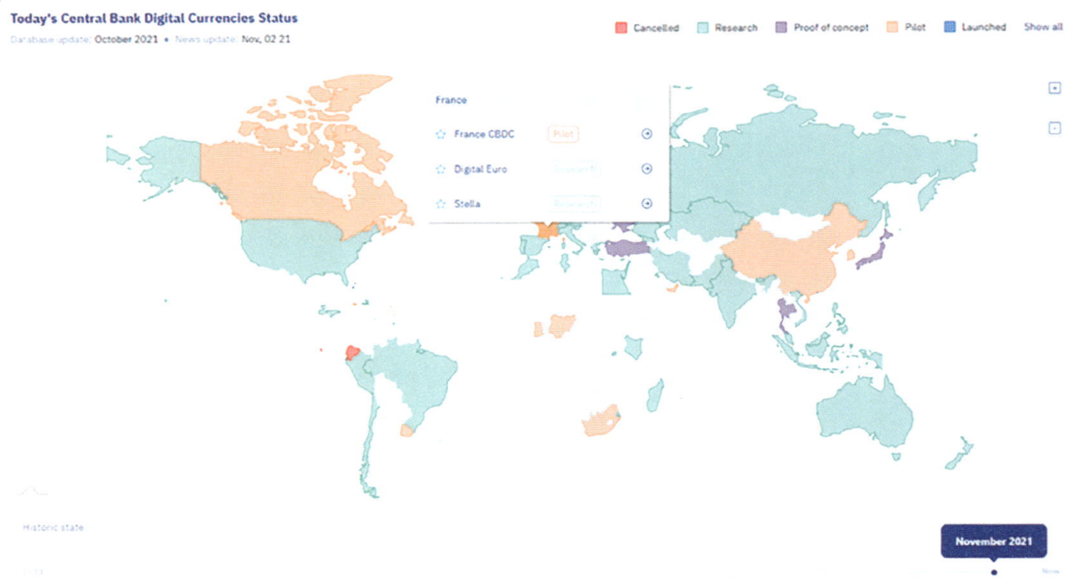

Source : cbdctracker.org

Dans tous les cas, il est indispensable que les utilisateurs possèdent un portefeuille (*wallet* en anglais) susceptible de recevoir, envoyer et stocker ces monnaies numériques. Ainsi, cela pourrait permettre à de nombreuses personnes non bancarisées d'avoir accès à ces services avec leur téléphone portable et une connexion Internet.

Le pays le plus en avance au sujet des MNBC est la Chine, même si la technologie blockchain ne sera probablement pas utilisée. Le yuan numérique a déjà été testé début 2021 dans plusieurs commerces et la Banque populaire de Chine a annoncé en novembre 2021 que 140 millions de comptes avaient déjà été créés pour son yuan numérique[1]. Des salaires ont même commencé à être versés avec cette monnaie. L'objectif de la Chine est de contrer l'hégémonie du dollar dans les échanges internationaux.

Les États-Unis et l'Europe accusent un retard considérable qu'ils essayent de combler. Cependant, les réflexions, discussions et expérimentations pourraient prendre de nombreuses années, notamment en Europe, et des initiatives locales pourraient être développées en amont comme en Suède avec l'e-krona.

1. https://cryptoast.fr/population-chinoise-utilisation-yuan-numerique-banque-centrale/

Même si les institutions indiquent travailler sur des monnaies numériques dans lesquelles les transactions seraient anonymisées, il existe certains risques. Les banques centrales et autres acteurs ayant un rôle important dans le réseau pourraient choisir d'empêcher certaines transactions, voire de bloquer des fonds. Le danger est que cet outil soit utilisé pour de la surveillance de masse et le contrôle de populations par des régimes autoritaires. Il se pourrait également que les MNBC incluent des systèmes de taxes sur certains achats de produits spécifiques. Enfin, les politiques monétaires des banques centrales pourraient choisir d'augmenter d'un seul coup la quantité de monnaie en circulation.

Projets privés

La plus connue de ces initiatives privées est sans doute le Libra, renommé Diem, lancé par le groupe Facebook.
À l'origine, Libra avait comme ambition d'être un *stablecoin* mondial rattaché à diverses monnaies fiat, à un panier de devises. Après les attaques de nombreux régulateurs, dont celui des États-Unis, le projet change d'orientation, se renomme Diem et choisit de créer plusieurs *stablecoins*, chacun adossé à une monnaie fiat. Il existera donc un diem dollar (≈USD), un diem euro (≈EUR), un diem livre (≈GBP) et un diem multidevises (≈XDX). Ces pièces numériques (Diem Coins) seront soutenues par des devises fiat ou des équivalents, comme des titres d'État.

Ce changement d'orientation s'est produit car les pays ont eu très peur de perdre leur souveraineté monétaire et ont montré une forte hostilité au projet porté par le géant Facebook. Ils craignaient que les transactions ne soient ni sécurisées, ni privées et que les données soient utilisées à des fins lucratives.
Mark Zuckerberg, PDG de Facebook, a été plusieurs fois auditionné par le Congrès américain, particulièrement hostile à l'idée que ce projet voie le jour. La plus grosse crainte des régulateurs est que des monnaies fiat fuient le système financier « classique » pour un système contrôlé par une entité privée.

Diem livre un combat contre les institutions américaines et le lobby bancaire. Cependant, avec le développement rapide du yuan numérique, Diem pourrait avoir une carte à jouer en proposant au gouvernement des États-Unis sa technologie pour le développement d'un dollar numérique. Toutefois, il ne sera probablement pas le seul à vouloir lancer sa monnaie numérique. PayPal, ancien membre du projet, envisagerait également de lancer sa cryptomonnaie, tout comme Amazon.

Il est compliqué de considérer Diem comme une cryptomonnaie publique et décentralisée. Même si le projet utilise la cryptographie et la technologie blockchain, le nombre d'acteurs qui valide les transactions est limité, le réseau pourrait donc être soumis à de la censure.

Une partie des futurs membres validateurs du réseau Diem

checkout.com
coinbase
Creative Destruction Lab
novi from FACEBOOK
FARFETCH
HEIFER INTERNATIONAL
iliad
kiva
lyft
MERCY CORPS
Paradigm
PayU
Ribbit Capital
shopify
SLOW VENTURES
Spotify
TEMASEK
THRIVE CAPITAL
Uber
USV Union Square Ventures
Women's World Banking
xapo

Source : Cryptoast

À l'avenir, il sera peut-être possible de payer son Uber ou son abonnement Spotify en utilisant du Diem, ce qui pourrait donner droit à des réductions ou des avantages.

En France, des entreprises s'intéressent également aux *stablecoins* comme le groupe Casino. En mars 2021, le géant de la distribution annonce le lancement de Lugh, une start-up qui émet une cryptomonnaie adossée à l'euro, l'EUR-L. Développée sur Tezos, en partenariat avec Société Générale, PwC France, Nomadic Labs et la plateforme Coinhouse, l'objectif est d'en faire un moyen de paiement et de fidélité dans tous les magasins du groupe[1].

1. https://cryptoast.fr/groupe-casino-premier-stablecoin-francais-euro/

CHAPITRE 4

ACHETER, VENDRE, STOCKER, UTILISER DES CRYPTOMONNAIES

Où se procurer des crypto-actifs ?

Il existe de nombreuses façons de se procurer des cryptomonnaies (via des bureaux de change physiques, grâce à des distributeurs automatiques de crypto-actifs, via un échange de particulier à particulier, en se faisant payer en cryptomonnaies), mais le moyen le plus commun est d'utiliser des *exchanges*. Ce sont des plateformes qui permettent l'achat, la vente et l'échange de cryptomonnaies avec des monnaies fiat (euros, dollars, etc.).

Il en existe des dizaines et il faut être particulièrement vigilant lors de votre sélection afin de ne choisir que les plus sérieuses. En effet, sur la quasi-totalité des plateformes où on peut déposer et retirer des fonds, les utilisateurs doivent justifier de leur identité. C'est ce qu'on appelle un KYC (*Know Your Customer*). Il vaut donc mieux éviter d'envoyer vos pièces d'identité et autres informations sensibles à n'importe qui et privilégier des entreprises considérées comme sérieuses et qui ont fait leurs preuves depuis longtemps.

Dans la mise en œuvre d'un cadre réglementaire autour des crypto-actifs avec la loi PACTE, l'Autorité des marchés financiers (AMF) a créé le statut de prestataire de services sur actifs numériques (PSAN). Obligatoire pour exercer une activité liée à l'échange et à la conservation de crypto-actifs en France, ce statut est délivré à des entreprises qui respectent de nombreuses règles strictes en matière de conformité et protection des fonds de leurs clients. Ainsi, pour l'achat de crypto-actifs, nous vous conseillons vivement de vous rapprocher de plateformes ayant obtenu leur enregistrement PSAN. Vous serez ainsi sûr qu'elles sont en conformité avec la réglementation française.

Voici quelques plateformes enregistrées en tant que PSAN :

- **Paymium :** une plateforme historique créée en 2011. Pour le moment, elle ne propose que le Bitcoin à l'achat, à la vente et à l'échange, mais devrait implémenter d'autres crypto-actifs dans le futur.
- **Coinhouse :** permet l'achat, la vente et l'échange de plusieurs dizaines de cryptomonnaies, notamment le stablecoin Lugh.
- **Bitpanda :** basée en Autriche, elle est la première plateforme étrangère à avoir obtenu le PSAN. En plus des cryptomonnaies, Bitpanda propose de nombreux autres services, comme l'achat d'actions.
- **StackinSat :** start-up entièrement dédiée au Bitcoin, elle s'est démarquée de ses concurrentes pour avoir été la première à proposer un achat récurrent de bitcoins via son « Plan Épargne Bitcoin ».

- **Deskoin :** première plateforme titulaire du statut PSAN à avoir signé un accord avec une grande banque française, elle offre la possibilité d'acheter, vendre et échanger plusieurs cryptomonnaies.

Vous pouvez retrouver la liste actualisée par l'AMF sur leur site Internet : www.amf-france.org

Il existe de nombreuses autres plateformes qui ne sont pas encore enregistrées en France, ou qui ne souhaitent pas l'être. À terme, nous pensons que la majorité des autres plateformes jugées sérieuses comme Kraken, Binance, FTX, Coinbase et autres seront enregistrées en tant que PSAN.

Il est important de se poser plusieurs questions avant de s'inscrire sur une plateforme :

- Est-ce que les cryptomonnaies qui vous intéressent y sont disponibles ? Pour cela, il faut consulter le site de l'*exchange* qui précise généralement les crypto-actifs disponibles. Vous pouvez aussi utiliser des sites tiers comme CoinGecko qui indiquent toutes les cryptomonnaies disponibles sur une plateforme donnée (voir capture d'écran ci-dessous).
- Quels sont les moyens disponibles pour déposer des euros sur la plateforme ? Virement bancaire, carte bancaire, PayPal, etc. Soyez prudent sur les éventuels frais appliqués lors des dépôts.
- Quels sont les frais pour le trading et les frais de retrait (en cryptomonnaies et en monnaies fiat) ? Ils sont indiqués dans la documentation des plateformes et peuvent changer régulièrement.

Capture d'écran de CoinGecko

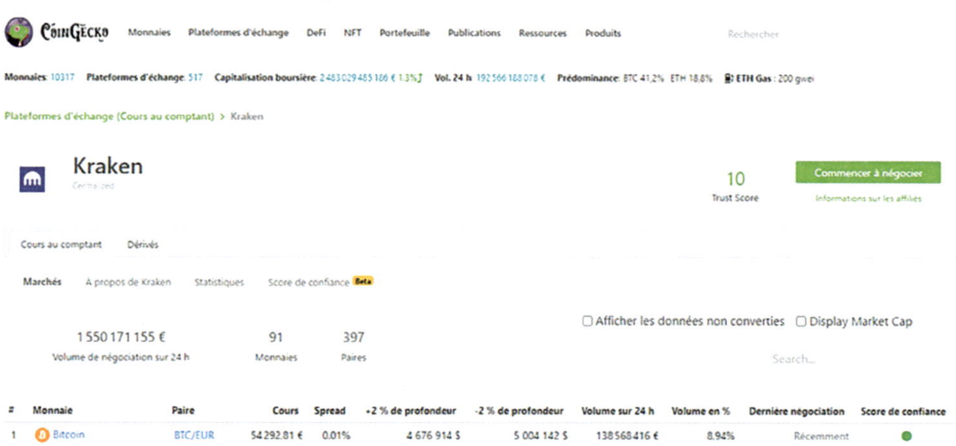

Source : CoinGecko

Attention aux arnaques qui sont nombreuses dans ce milieu relatif à l'argent. Voici quelques règles de base à respecter pour être plus tranquille :

1. Ne jamais cliquer sur des annonces payantes et privilégier l'accès direct au site via son URL. Par exemple, tapez directement kraken.com dans votre barre d'adresse, sans passer par un moteur de recherche.

2. Ne jamais répondre à du démarchage de n'importe quel type : téléphone, mails, courriers postaux, etc.

3. Mettre en place un mot de passe unique et complexe (lettres, chiffres et caractères spéciaux) pour chaque plateforme.

Annonces Google Ads

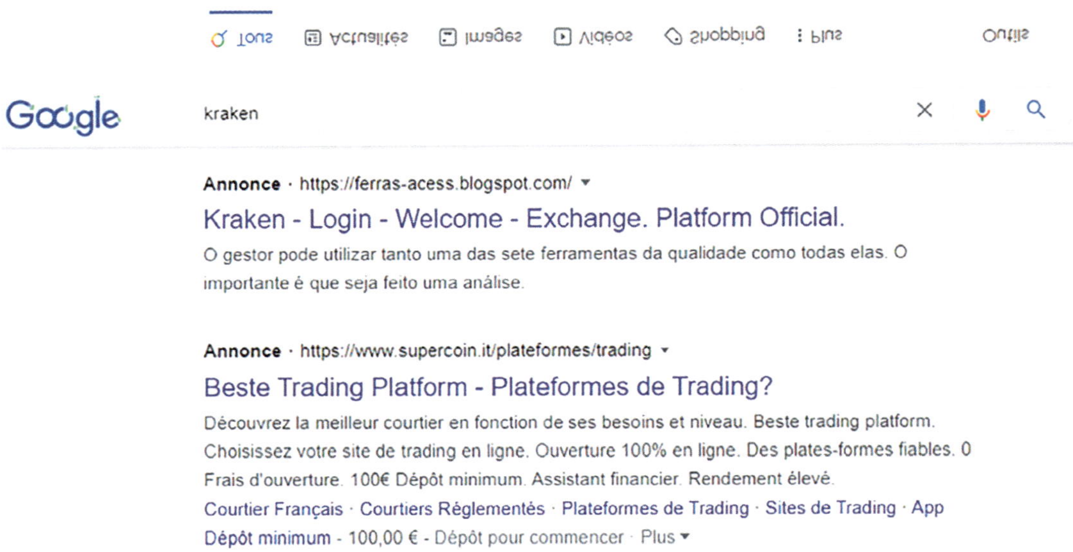

Ces annonces ne redirigent pas vers le site de la plateforme d'échange Kraken, mais vers des sites frauduleux.

Source : Google

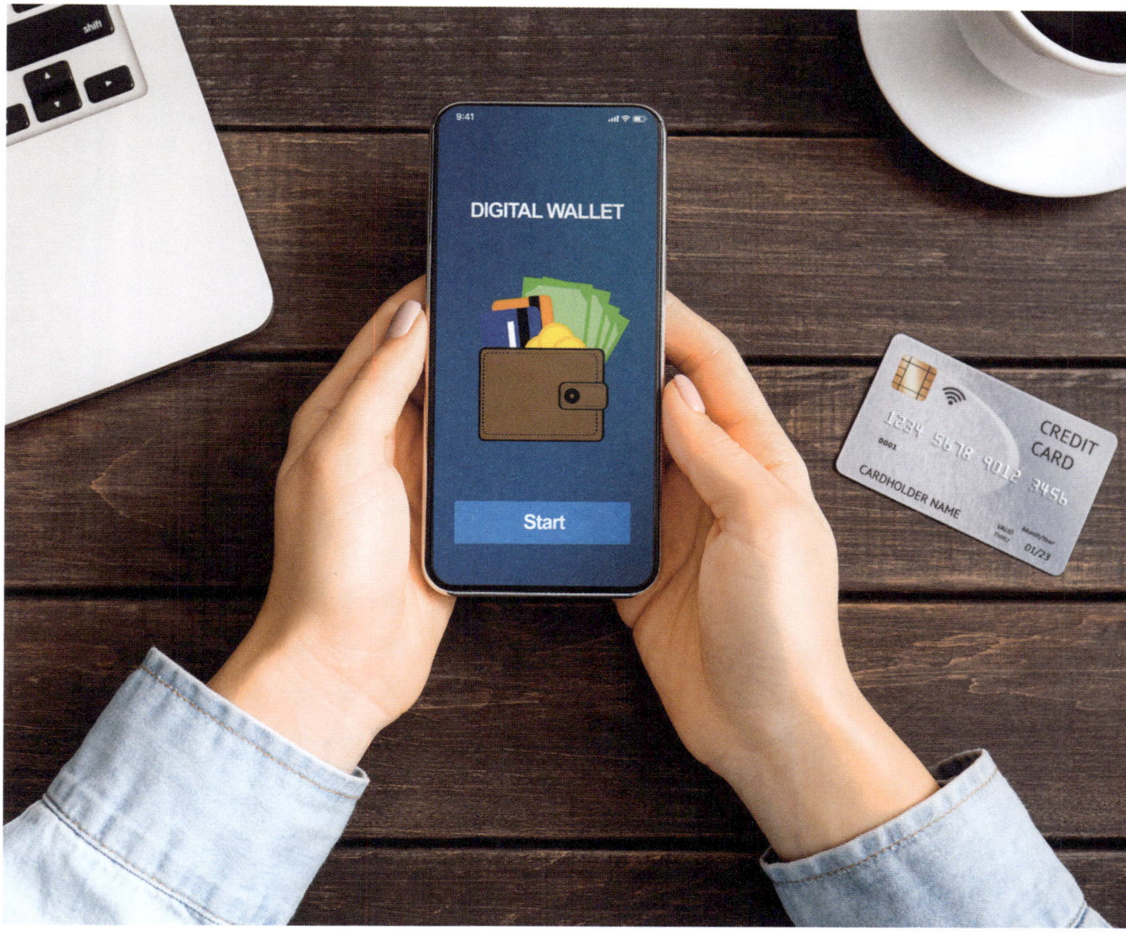

4. Utiliser une ou plusieurs adresses mail dédiées à vos activités dans les cryptomonnaies.
5. Utiliser des solutions de double authentification comme Google Authenticator ou Authy pour protéger vos comptes, notamment sur les plateformes d'échange.

En savoir plus sur l'installation de Google Authenticator : https://cryptoast.fr/comment-mettre-en-place-google-authenticator/

Comment acheter des cryptomonnaies ?

Nous allons nous intéresser à la méthode la plus souvent utilisée : l'achat via des plateformes spécialisées (*exchanges*).

La première chose à faire est d'ouvrir un compte sur un ou plusieurs exchanges. Le processus est toujours le même, il faudra créer un compte en renseignant une adresse mail et un mot de passe. Il faudra ensuite envoyer des documents pour valider votre identité. Une fois celle-ci validée, vous pourrez déposer des euros via un virement SEPA ou un paiement par carte bancaire, les échanger contre des cryptomonnaies et choisir de les conserver sur cette plateforme ou de les retirer de celle-ci. Vous pourrez bien sûr revendre vos cryptos si vous le souhaitez.

Les frais sont souvent plus élevés par carte bancaire que par virement. Attention, lorsque vous procédez à un virement bancaire, pensez à bien inclure le libellé de votre opération, souvent fourni par la plateforme, afin qu'elle puisse faire correspondre votre virement à votre profil.

Une fois vos euros sur la plateforme, vous pourrez procéder à l'achat de cryptomonnaies. Souvent, les plateformes proposent plusieurs modes : débutant ou avancé, selon que vous êtes à l'aise avec les carnets d'ordres, les types d'ordres d'achat et de vente, ou non.

Vous souhaitez en savoir davantage sur ce processus ? Retrouvez tous nos tutoriels pour utiliser les principales plateformes d'échange de cryptomonnaies : https://cryptoast.fr/tutos/

La plupart des plateformes que nous avons présentées précédemment, enregistrées en tant que PSAN, proposent de l'achat récurrent. Ce système permet d'automatiser l'achat de cryptomonnaies une (ou plusieurs) fois par semaine ou par mois. Dans le langage d'investisseur, on appelle cela le DCA pour *Dollar Cost Average*. Cette méthode est intéressante car elle permet de lisser votre point d'entrée : par exemple, vous achèterez un crypto-actif pour 100 euros tous les mois, quel que soit son prix.

Principe du DCA (achat récurrent)

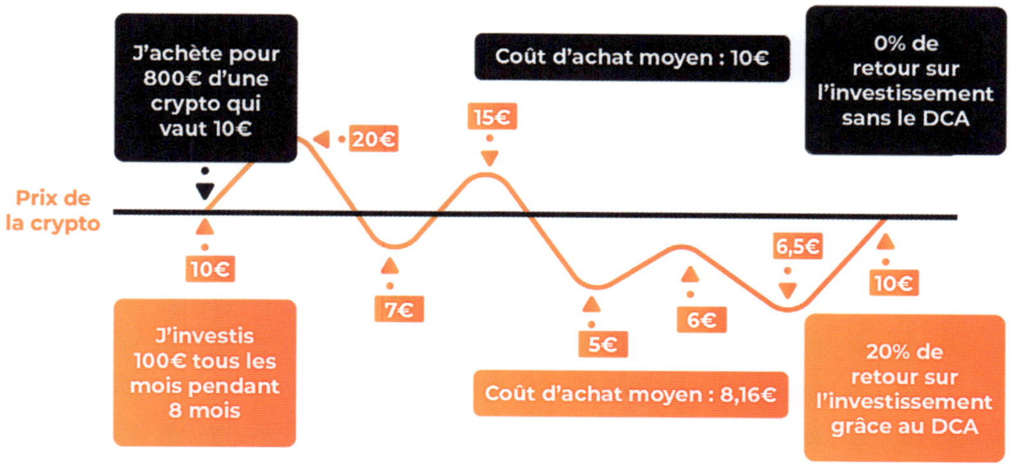

Source : Cryptoast

Ainsi, plutôt que d'acheter toutes vos cryptomonnaies au plus haut (ou au plus bas), vous allez en acheter sur une longue période pour réduire le risque de rentrer lorsque les cryptomonnaies sont surévaluées. Cette méthode est très fortement appréciée des débutants pour sa simplicité d'exécution, et la tranquillité d'esprit qu'elle procure.

Avant d'acquérir des cryptomonnaies, voici quelques astuces pour essayer de commettre le moins d'erreurs possible.

Renseignez-vous sur le projet. Consultez le livre blanc (*whitepaper*) et la documentation pour comprendre les objectifs du projet. Informez-vous sur l'équipe qui compose le projet. Ont-il déjà de l'expérience dans l'industrie de la blockchain ? Sont-ils déjà connus pour d'autres choses ?

Il faut aussi regarder la feuille de route (*roadmap*), qui répertorie les prochaines étapes importantes du projet. Est-elle à jour ? N'est-elle pas trop ambitieuse et mensongère ?

Est-ce que l'utilisation d'une cryptomonnaie et de la technologie blockchain a vraiment une utilité dans ce cas précis ?

Ne pensez pas que des cryptomonnaies avec un petit prix peuvent atteindre celui d'un bitcoin. « Si un DOGE[1] équivalait au prix d'un bitcoin, alors je serais millionnaire » : c'est théoriquement vrai, mais très peu probable. Alors que le nombre de bitcoins

1. Le Dogecoin est une cryptomonnaie, initialement présentée comme une blague fin 2013.

sera au maximum de 21 millions, le nombre de DOGE maximal est quant à lui illimité. Ce nombre est de plus de 130 milliards actuellement. Ainsi, si un DOGE s'échangeait à 25 euros, sa capitalisation serait supérieure à celle du Bitcoin. Aucune chance qu'un DOGE ne vaille un jour 30 000 ou 40 000 euros donc, cela impliquerait que cette cryptomonnaie soit plus capitalisée que l'entièreté des autres actifs de la planète...

Ne succombez pas aux fausses promesses. Les projets qui axent leur communication sur une augmentation certaine du cours de leur jeton ont de fortes chances de ne pas être fiables.

Pour en savoir plus avant d'investir dans une cryptomonnaie, vous pouvez consulter notre article dédié : https://cryptoast.fr/sur-quelles-cryptos-investir/

Comment vendre des crypto-actifs ?

Le principe est similaire à l'achat de cryptomonnaies. Vous pouvez généralement vendre vos crypto-actifs sur les mêmes plateformes où vous les avez achetées. Il faudra quand même vérifier quelques informations avant de choisir une plateforme :

1. Quels sont les frais appliqués lorsque vous vendez des cryptomonnaies, mais aussi lorsque vous retirerez vos euros vers votre compte bancaire ? Ils sont généralement indiqués dans les conditions d'utilisation, générales ou de vente des plateformes.
2. Est-ce que la liquidité est suffisante pour vendre sans faire chuter le cours ? En effet, sur certaines plateformes, si vous vendez 10 000 euros d'un crypto-actif, vous pouvez faire chuter le cours de plusieurs pourcents, car trop peu de personnes se sont positionnées à l'achat. Cela vous fait un manque à gagner considérable si vous vendez la moitié de vos cryptomonnaies à 5 euros l'unité et le reste à 4 euros, par exemple.

Vente entraînant une chute du cours

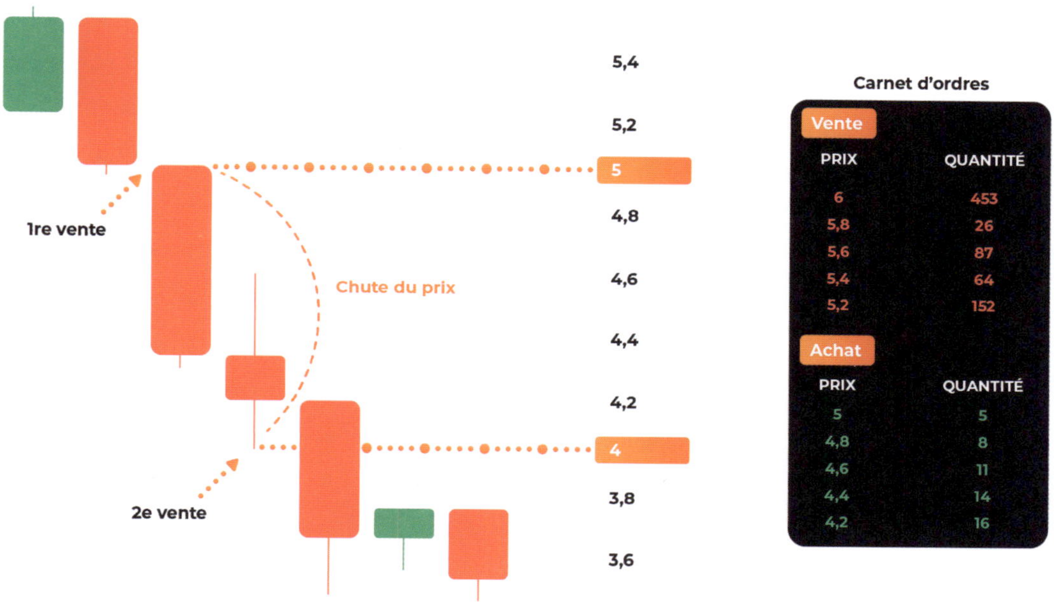

Source : Cryptoast

Lorsque vous effectuez une vente en monnaie fiat (euro, dollar ou autre), vous êtes imposable et devrez déclarer votre plus-value (si jamais vous en avez) sur votre fiche d'impôt l'année suivante.

Si vous ne souhaitez pas retirer vos cryptomonnaies en fiat, mais simplement vous prémunir de la volatilité du marché, une solution existe. Vous pouvez vendre vos cryptomonnaies contre des *stablecoins* (voir chapitre précédent). Cette opération n'est pas imposable au moment de l'écriture du livre.

Pour en savoir plus sur l'imposition des cryptomonnaies, vous pouvez consulter nos articles dédiés : https://cryptoast.fr/droit-fiscalite-cryptomonnaies/

Comment stocker ses crypto-actifs ?

Il est préférable de ne pas laisser vos cryptomonnaies sur les plateformes d'échange. Par le passé, de nombreuses plateformes ont été piratées et les utilisateurs ont souvent perdu la totalité de leurs fonds. Dans ce genre de situations, il est important de préciser que ce n'est pas le réseau Bitcoin lui-même qui est piraté, mais seulement les plateformes centralisées.

Sauf si vous êtes un trader quotidien, vous n'aurez pas besoin d'avoir vos cryptomonnaies constamment sur les plateformes d'échange. Il vaut mieux les conserver sur des solutions plus sécurisées.

Une autre raison de retirer vos crypto-actifs des plateformes est que celles-ci conservent vos clés privées. Ainsi, vos cryptomonnaies ne vous appartiennent pas vraiment, vous faites confiance à la plateforme pour qu'elle vous autorise à les retirer. Un adage connu dit *Not your keys, not your coins*, soit « Si tes clés ne t'appartiennent pas, tes cryptomonnaies ne sont pas vraiment à toi ». Cependant, sachez que des frais s'appliquent lors du retrait de cryptomonnaies et que ces derniers peuvent être élevés selon les plateformes et le réseau choisi. Par exemple, les frais pour un retrait d'ETH ou d'un *token* de la blockchain Ethereum peuvent parfois s'élever à plusieurs dizaines d'euros.

Lorsque vous retirez vos cryptomonnaies d'un *exchange*, vous pouvez les stocker sur ce qu'on appelle un portefeuille, ou *wallet* en anglais. Ce portefeuille, physique ou numérique, sécurise vos cryptomonnaies en vous donnant la propriété des clés privées qui vous permettent de disposer de vos cryptomonnaies comme vous le souhaitez.

Voici une liste de différents portefeuilles reconnus.

Parmi les portefeuilles logiciels/web :

- **Exodus :** application disponible sur téléphone mobile et ordinateur qui permet de recevoir, envoyer et stocker de nombreuses cryptomonnaies.
- **Jaxx :** très similaire à Exodus, l'application disponible sur mobile et ordinateur prend en charge de nombreuses cryptomonnaies.
- **Electrum :** disponible sur ordinateur et téléphone Android, ce portefeuille est spécialisé pour le Bitcoin.
- **BlueWallet :** téléchargeable sur téléphones mobiles et ordinateurs macOS, seul le Bitcoin est pris en charge. Le wallet supporte également le réseau Lightning Network.
- **MetaMask :** disponible sous forme d'extension sur navigateur (Chrome, Firefox, Brave) et sur téléphone mobile, ce portefeuille supporte les cryptomonnaies du réseau Ethereum, Avalanche, Binance Smart Chain, et bien d'autres.

Capture d'écran de l'application Exodus

L'application précise de ne pas faire de copie numérique.

Source : Exodus

Parmi les portefeuilles physiques :

- **Ledger Nano X :** portefeuille physique sous forme de clé USB. Il est possible de l'utiliser en Bluetooth avec un ordinateur et un appareil mobile via l'application Ledger Live. La grande majorité des cryptomonnaies les plus connues sont supportées.
- **Trezor Model T :** portefeuille physique (sous forme de petit appareil style Tamagotchi) également utilisable avec un ordinateur, le Model T de Trezor prend en charge beaucoup de cryptomonnaies.

Lorsque vous allez procéder à la création de votre compte/portefeuille, le logiciel vous indiquera une liste de 12 ou 24 mots qui représentent votre clé privée (voir ci-contre l'exemple sur Exodus) : c'est la phrase secrète de récupération ou *seed phrase* en anglais (voir encadré du bas page 34).

Si vous possédez cette phrase, vous pouvez interagir avec les cryptomonnaies associées. Il ne faut donc jamais la communiquer ! Faites bien attention où vous la stockez. Évitez donc d'en faire une copie sur votre ordinateur, sur votre téléphone ou dans le cloud car un pirate informatique pourrait vous la dérober.

Attention, si vous perdez votre phrase secrète, vous ne pourrez plus jamais accéder à vos fonds. Vous devez donc prendre toutes les précautions nécessaires pour conserver cette phrase en toute sécurité.

Pour en savoir plus sur les portefeuilles et les phrases secrètes, vous pouvez consulter l'article écrit par Ludovic Lars sur ce sujet : https://cryptoast.fr/portefeuille-phrase-secrete-et-generation-dadresses/

Le portefeuille ne conserve pas vos cryptomonnaies à l'intérieur, comme pourraient l'être des pièces ou des billets. Il conserve uniquement les clés privées qui permettent d'accéder aux cryptomonnaies, lesquelles sont sur la blockchain. C'est juste un outil qui permet d'interagir avec la blockchain et de faire bouger vos cryptomonnaies.

Pour télécharger ces portefeuilles, il faut vous rendre sur les sites officiels et éviter de les télécharger via des annonces publicitaires ou autre. Beaucoup de fausses applications circulent sur téléphone mobile et ordinateur, soyez prudents !

Si vous choisissez un portefeuille physique, vous pouvez vous tourner vers l'entreprise française Ledger ou son concurrent Trezor (voir liste plus haut). Passez par les sites officiels pour éviter toute arnaque.

Les différents types de portefeuilles

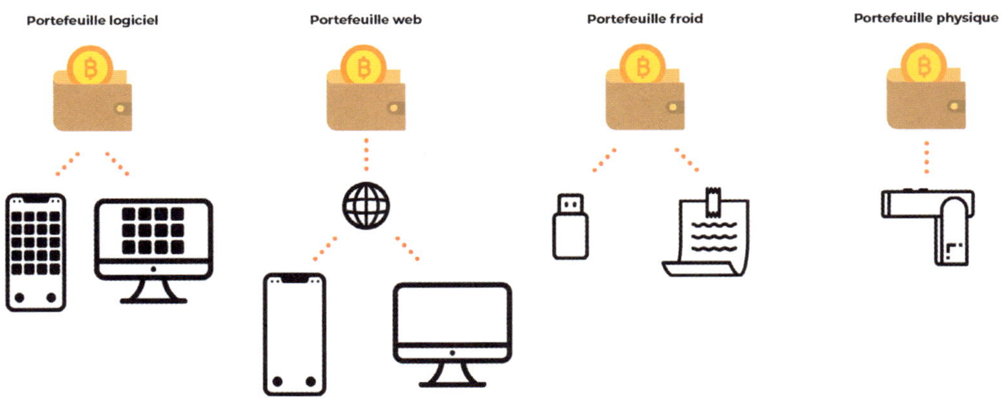

Source : Cryptoast

Un portefeuille physique nécessite une action manuelle comme l'appui sur un bouton pour valider une transaction. Un portefeuille froid est uniquement lié à la méthode de stockage, sur une clé USB ou une feuille (ce n'est pas à chaud sur un ordinateur connecté à internet et donc soumis à un risque de piratage).

Pour savoir comment utiliser et paramétrer les différents portefeuilles, vous pouvez vous rendre sur le site de Cryptoast : https://cryptoast.fr/stockage-securite-cryptomonnaies/

Comment utiliser ses cryptomonnaies ?

Les portefeuilles permettent de recevoir des cryptomonnaies pour les stocker, mais ils permettent aussi d'en envoyer. Les envois et les réceptions fonctionnent avec un système de QR code et d'adresses.

Si vous souhaitez recevoir des cryptomonnaies, vous devez générer une adresse de dépôt. Prenons l'exemple avec le *wallet* Exodus. Je souhaite recevoir des bitcoins, je vais donc cliquer sur « Recevoir » ou *Receive* pour afficher mon adresse et mon QR code associé.

Si une autre personne souhaite m'envoyer des bitcoins, il lui suffira de scanner le QR code sur mon application, ou de remplir manuellement l'adresse.

Adresse pour recevoir des bitcoins

Source : Exodus

Si je souhaite envoyer des bitcoins, toujours via un portefeuille Exodus, il me suffit de cliquer sur « Envoyer » ou *Send*, puis d'indiquer l'adresse ou scanner le QR code correspondant à mon destinataire.

Envoyer des bitcoins

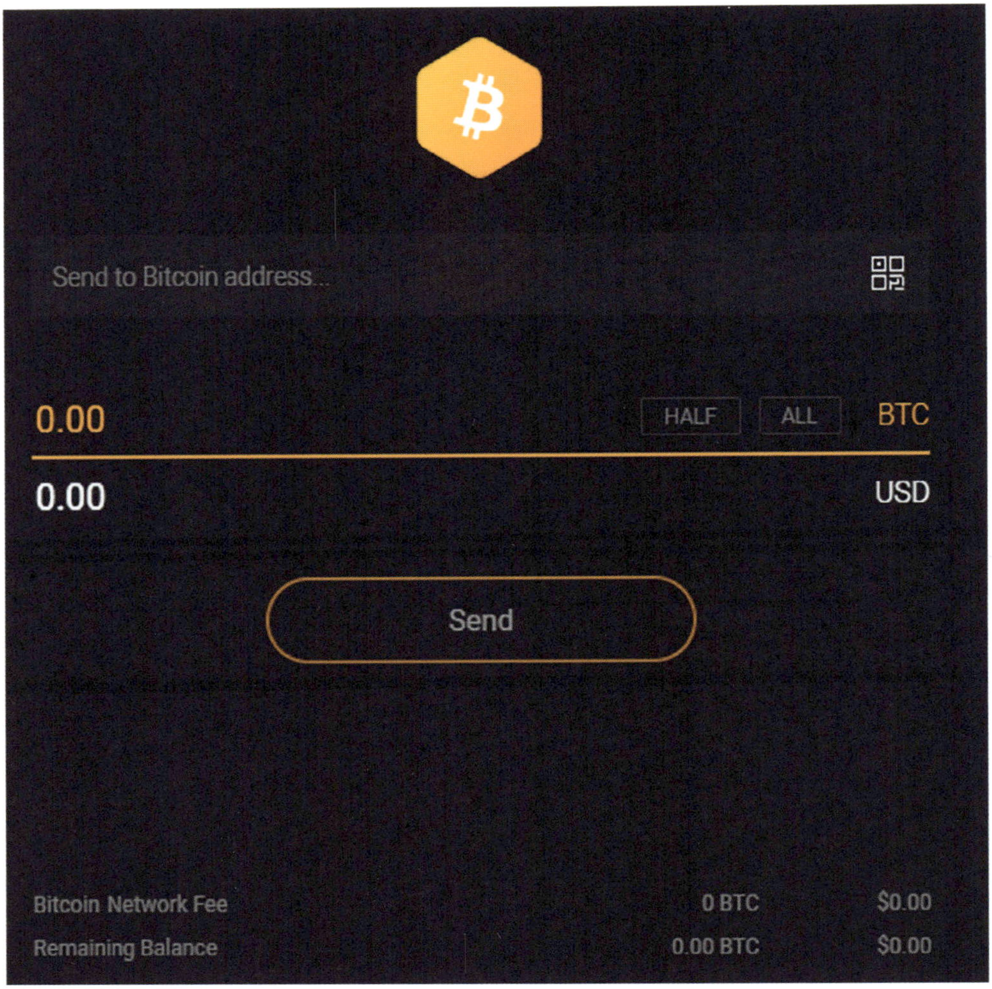

Source : Exodus

Il faut ensuite choisir le montant de bitcoins à envoyer. En bas, vous visualisez les frais qui seront prélevés par les mineurs pour la transaction (*Bitcoin Network Fee*).

Le principe est le même pour les autres cryptomonnaies, mais faites très attention à ne pas envoyer des ethers sur une adresse Bitcoin par exemple, vous risqueriez de les perdre.

CHAPITRE 5

LES LEVÉES DE FONDS EN CRYPTOMONNAIES

Ƀ *Initial Coin Offering* (ICO)

Une partie des projets de cryptomonnaies ont vite cherché à lever des fonds pour se développer auprès d'investisseurs. La première méthode utilisée, l'ICO (*Initial Coin Offering*), se rapproche fortement de l'introduction en bourse d'une société (IPO pour *Initial Public Offering* en anglais).

Qu'est-ce qu'une IPO ?

Ces introductions en bourse consistent dans la vente d'actions ou titres d'une société au grand public. Ces titres sont ensuite introduits et cotés en bourse. Le nombre de titres émis et leurs prix peuvent être fixés de différentes manières.

Les introductions en bourse sont très réglementées et toutes les sociétés ne peuvent pas y prétendre. Avec l'apparition des cryptomonnaies comme Ethereum (ETH) ou Bitcoin (BTC), il est désormais possible de lever des fonds de manière simple et décentralisée.

Grâce aux ICO, il est possible de lever des fonds de manière très simple, partout dans le monde, auprès de nombreux investisseurs, qu'ils soient particuliers ou professionnels. C'est un énorme changement par rapport aux levées de fonds traditionnelles qui sont complexes et réservées à une poignée d'investisseurs dans certaines parties du globe.

En ayant recours à une ICO, les porteurs de projets proposent ainsi de vendre une partie des pièces (*coins*) ou des jetons (*tokens*) associés en échange de fonds en BTC, ETH, USDT ou toute autre cryptomonnaie de son choix, et plus rarement contre des euros ou des dollars.

Par exemple, supposons que le projet Cryptoast souhaite lever des fonds et propose 10 000 jetons à la vente au prix de 0,001 ETH le jeton. Si Marine envoie 1 ETH à Cryptoast, à la fin de la levée de fond, Marine recevra 1 000 jetons Cryptoast, soit 10 % des jetons vendus via l'ICO.

La majorité des levées de fonds actuelles se font de manière totalement automatisée. Un *smart contract* prend connaissance de la somme envoyée par chaque personne et redistribue le pourcentage de jetons associé.

Exemple du principe d'une ICO

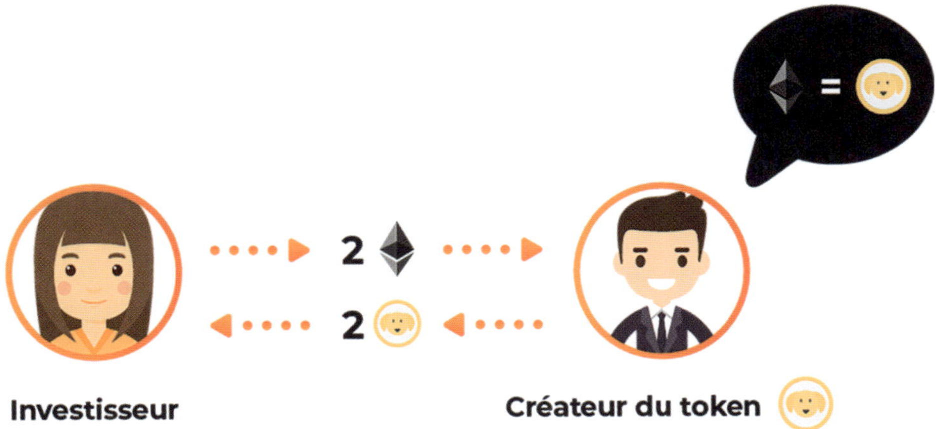

Source : Cryptoast

La plus importante levée de fonds en cryptomonnaies de l'histoire a été réalisée par block.one, l'entreprise à l'origine de la blockchain EOS.IO. Cette dernière a duré près d'un an et est parvenue à lever l'équivalent de 4,2 milliards de dollars.

Pour mieux comprendre les ICO et ne pas se faire arnaquer, vous pouvez consulter cet article : https://cryptoast.fr/ico-mieux-comprendre-le-phenomene-pour-ne-pas-se-laisser-tromper/

Certains projets, pour se conformer aux différentes réglementations, demandent des KYC (vérifications d'identité) pour lutter contre le blanchiment d'argent, l'évasion fiscale ou le financement du terrorisme. En effet, certains pays comme les États-Unis ou le Canada ont décidé d'interdire ou de fortement restreindre l'accès aux ICO à leurs populations.

En France, dans le cadre de la loi PACTE, le gouvernement a instauré un cadre spécifique pour les offres de jetons au public (ICO) via la mise en place d'un visa optionnel délivré par l'Autorité des marchés financiers (AMF). Sans ce visa, qui est optionnel, il n'est pas possible pour une entreprise de faire de la publicité auprès des particuliers pour une ICO. Toutefois, celle-ci peut tout à fait organiser une ICO et percevoir des fonds au cours de l'opération.

Security Token Offering (STO)

On considère qu'une levée de fonds est une *Security Token Offering* (STO) lorsque les pièces ou jetons émis sont assimilables à des titres financiers, comme des actions. Cela veut dire qu'ils donnent aux investisseurs des parts d'une société, des actifs, des revenus, des dividendes ou encore un droit de vote sur les décisions futures de l'entreprise.

Les émissions de jetons assimilables à des titres financiers (STO) sont davantage régulées que les ICO et sont souvent mises en place via des plateformes spécialisées. Les STO apportent davantage de sécurité, car celles-ci sont plus réglementées et les jetons émis sont rattachés à une société.

Les *Security Token Offerings* ont plusieurs avantages pour les acteurs du monde financier traditionnel :

1. pouvoir financer des entreprises de moindre envergure et de manière très rapide ;
2. supprimer les intermédiaires et faciliter les échanges de titres dans le monde entier, mais aussi accélérer les transferts. En effet, les réseaux de cryptomonnaies ne sont jamais fermés. Ainsi, si une personne achète des jetons, dès que ceux-ci sont présents sur son portefeuille, il peut prendre part aux décisions de l'entreprise et les revendre en quelques minutes. De plus, ils ne sont pas bloqués ou détenus par un intermédiaire ;
3. profiter d'une transparence accrue. Il est possible de voir en temps réel comment sont répartis les différents jetons ;
4. permettre l'utilisation de ces jetons dans un système de gouvernance décentralisée (DAO), grâce à la blockchain.

Pour en savoir plus, vous pouvez consulter notre article dédié : https://cryptoast.fr/sto-security-token-offering-explications-definition/

Initial Exchange Offering (IEO)

Dans le cas d'une IEO, c'est une plateforme d'échange de cryptomonnaies (*exchange*) qui prend en charge la levée de fonds, et non une plateforme dédiée. Cela permet au projet de ne pas avoir à mettre en place le système de vérification d'identité et de se passer des détails techniques relatifs à la levée de fonds.

De nombreuses plateformes d'échange accueillent des *Initial Exchange Offerings*. Les personnes inscrites sur *l'exchange* peuvent participer aux levées de fonds de différents projets. Par exemple, sur Binance, les utilisateurs doivent fournir des tokens BNB, et s'ils sont sélectionnés lors d'une loterie, ils peuvent en échange recevoir des jetons du projet associé.

L'un des principaux avantages d'une IEO est que la plateforme d'échange analyse et audite le projet avant de le proposer à la levée de fonds. Cela peut être un gage de sérieux, mais ne veut pas dire que le risque n'existe plus.

Autres avantages : la facilité d'accès au projet et sa visibilité à tous les utilisateurs de la plateforme.

Le principal inconvénient est l'impossibilité de participer si on ne possède pas un compte sur la plateforme et/ou la cryptomonnaie liée à cette plateforme. Nous sommes donc loin de l'idéal de désintermédiation promue par les cryptomonnaies.

Il existe également d'autres systèmes, mais nous ne pouvons pas tous les présenter ici.

Pour en apprendre davantage sur les IEO : https://cryptoast.fr/ieo-explications-definition/

D'autres projets qui ne possèdent pas encore leur cryptomonnaie décident de la distribuer aux utilisateurs de leur service. On appelle cela un *airdrop* ou un *fair launch*. Ainsi, en septembre 2020, la plateforme d'échanges décentralisée Uniswap a distribué auprès de ses utilisateurs 400 tokens UNI. Ces jetons permettent de voter pour les propositions qui concernent le développement de la plateforme. De nombreux autres projets ont suivi comme *Ethereum Name Service* en novembre 2021 qui a distribué des tokens de gouvernance auprès de personnes ayant enregistré des noms de domaines décentralisés sur Ethereum.

CHAPITRE 6

LA FINANCE DÉCENTRALISÉE

Les composants de la DeFi

La finance décentralisée (DeFi) propose un écosystème de services financiers sans intermédiaires. Basée sur la technologie blockchain, structurée par des contrats intelligents et des applications décentralisées, et incarnée par Ethereum, la DeFi (pour *Decentralized Finance*) se veut davantage transparente et efficiente que la finance traditionnelle.

Dans cet écosystème, chacun peut profiter de différents services et produits financiers sans organes de contrôle. Ces différents services peuvent être utilisés et connectés les uns avec les autres car le code est *open source*. N'importe qui peut accéder à des prêts, échanger des actifs ou encore générer des intérêts sur ses cryptomonnaies sans la moindre discrimination. Dans cet espace, votre carte d'identité est représentée par votre portefeuille numérique. Vos nom, âge, nationalité ou antécédents bancaires ne vous y seront pas réclamés.

Depuis quand ? L'univers de la finance décentralisée prend ses racines en 2015 avec la naissance de Maker DAO. Lancé publiquement deux ans plus tard, en décembre 2017, ce protocole devient la pierre angulaire de l'écosystème, et il reste encore aujourd'hui l'un des plus importants de l'industrie. Maker DAO permet la création d'un *stablecoin*, baptisé DAI (voir plus haut), une cryptomonnaie non volatile et paritaire au dollar américain. Notez que Maker DAO n'a pas d'existence physique, puisqu'il s'agit d'une organisation autonome décentralisée (DAO pour *Decentralized Autonomous Organization*).

L'objectif d'un tel système est de créer une monnaie stable et décentralisée accessible dans l'écosystème de la finance décentralisée. Chaque détenteur d'ethers peut potentiellement devenir un émetteur de *tokens* DAI, ce qui vaut à Maker DAO le surnom de « Banque centrale décentralisée ».

La communauté de Maker DAO est souvent consultée au sujet de son développement futur. Par exemple : le protocole doit-il accepter de nouvelles cryptomonnaies en collatéral ? Le taux d'emprunt doit-il varier ? Le droit de vote est proportionnel au nombre de *tokens* MKR (la cryptomonnaie associée au projet) que les utilisateurs possèdent. Cela permet à quiconque intéressé par le projet de participer à son évolution.

Le succès de Maker DAO a attiré les capitaux, et de nouveaux protocoles et usages sont apparus au cours des dernières années. Faisons un tour d'horizon des usages de cette nouvelle finance.

La finance décentralisée compte aujourd'hui quatre grands types d'acteurs :

1. les protocoles d'échange décentralisés ;

2. les cryptomonnaies, dont les *stablecoins* ;
3. les protocoles d'emprunts et de dépôts ;
4. les oracles.

Chaque famille est essentielle dans le rouage de cette finance décentralisée. Essayons de comprendre le rôle de chacune.

Les DEX, ou *exchanges* décentralisés

Au cœur du système DeFi se trouvent les plateformes d'échange décentralisées (DEX). C'est à travers ces derniers que les utilisateurs de la finance décentralisée peuvent échanger leurs actifs contre d'autres. Par exemple, le *stablecoin* USDT contre de l'ETH, la cryptomonnaie native de la blockchain Ethereum.

Ce système d'échange, sans tiers de confiance, est révolutionnaire. Il n'y a ici pas besoin, contrairement aux plateformes centralisées comme Binance ou Kraken, de carnet d'ordre pour effectuer un échange. Il n'y a pas non plus besoin de déposer ses cryptomonnaies sur une plateforme centralisée et de risquer de ne plus pouvoir les retirer. En utilisant les DEX, vous restez en possession de vos cryptomonnaies, puisqu'ils interagissent avec des portefeuilles vous appartenant. Les utilisateurs peuvent fournir de la liquidité dans une paire (un groupement de deux cryptomonnaies, voir schéma ci-dessous), type USDT/ETH, et les utilisateurs qui souhaitent se procurer de l'ETH contre de l'USDT vont simplement signer une transaction sur leur portefeuille pour puiser dans cette liquidité.

Exemple d'une transaction sur un DEX

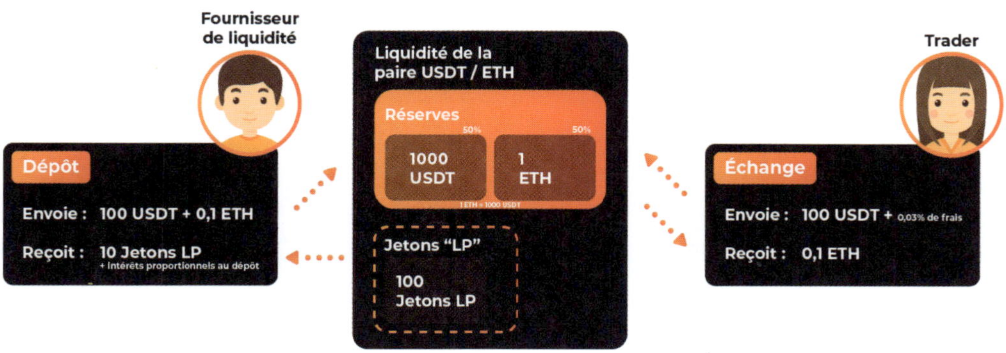

Source : Cryptoast

Le cours d'un *token* est alors régi par une formule mathématique, et non plus par rapport au carnet d'ordre ; c'est ce qu'on appelle un teneur de marché automatisé, ou *Automated Market Maker* en anglais. Dans l'écosystème Ethereum, c'est Uniswap qui incarne cette famille de DEX, même si ce n'est pas le premier à avoir été lancé.

Les *stablecoins*

Le secteur des *stablecoins* a explosé avec l'avènement de la finance décentralisée en 2020. Ces *tokens* stables, qui suivent pour la plupart le prix du dollar, jouent un rôle essentiel dans les échanges (voir plus haut page 78). Ils permettent de se protéger de la volatilité des cryptomonnaies les plus connues, comme Bitcoin, tout en permettant l'échange de valeurs. Entre 2020 et 2021, le nombre de cryptomonnaies stables en circulation a été multiplié par dix.

Les plateformes de prêts

Que serait un monde financier sans plateformes dédiées aux prêts et aux dépôts de fonds ? Dans le monde de la finance décentralisée, il n'existe pas de protocoles sérieux où la monnaie est créée *ex nihilo* (à partir de rien). Pour qu'un actif circule, il doit être :

- soit déposé par un tiers et emprunté par un autre ;
- soit généré par collatéralisation, comme le DAI de Maker ;
- soit miné, bien évidemment.

Pour ce qui est des prêts, c'est sensiblement la même chose. Des acteurs déposent certains actifs, empruntés par d'autres en échange d'un taux d'intérêt. Pour emprunter, puisque l'identité de l'emprunteur n'est pas connue, celui-ci doit déposer un autre actif en collatéral. Cela permet d'éviter que les emprunteurs ne remboursent pas leurs dettes.

Sur Ethereum, c'est le protocole Aave qui mène aujourd'hui la danse sur ce secteur. L'objectif ici est d'avoir accès à de la liquidité sans vendre ses cryptomonnaies. Un investisseur en possession de bitcoins, d'ethers ou de tout autre actif, pourrait les déposer dans ces protocoles afin d'emprunter des USDC et les dépenser afin de s'acheter un bien dans la vraie vie. De cette manière, l'investisseur reste exposé au marché des cryptomonnaies, mais bénéficie également de liquidités pour ses dépenses courantes, ou pour s'exposer de nouveau à d'autres actifs. C'est en partie à cet instant que l'efficience du capital prend son sens.

Illustration d'un prêt de *stablecoins* DAI grâce au dépôt d'ETH

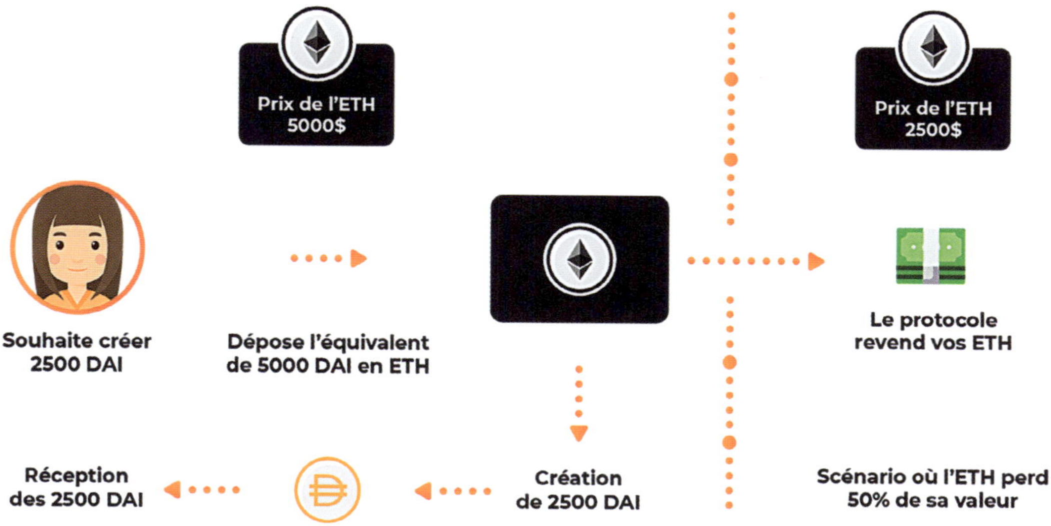

Lorsqu'un prêt est effectué, vous mettez un montant de cryptomonnaies en collatéral. Si le montant des cryptomonnaies déposé chute et se rapproche trop du montant emprunté, le protocole revend automatiquement les cryptos déposées pour éviter un non remboursement.

Source : Cryptoast

Les oracles

Tout cet écosystème ne pourrait fonctionner sans les oracles (voir encadré page 71). Leur but ? Informer les *smart contracts*, qui régissent l'entièreté de la DeFi, des prix des actifs dans la vraie vie et sur les autres marchés.
Le leader du secteur est aujourd'hui Chainlink. En fonction des informations communiquées par les oracles, des liquidations peuvent être enclenchées par les protocoles d'emprunt et de dépôt. Des arbitrages peuvent également avoir lieu entre les *exchanges* décentralisés. Autant dire que leur fiabilité est essentielle.

Qu'est-ce que l'arbitrage ?

C'est profiter d'un écart de prix entre deux plateformes d'échange. Supposons que sur la plateforme A, le prix de l'ether soit de 1 000 euros, alors que sur la plateforme B, il est de 1 050 euros. Des robots et des humains vont alors acheter des ethers sur la plateforme A pour les vendre sur la plateforme B. Dans la finance décentralisée, ces arbitrages s'effectuent en quelques secondes par des robots.

En 2020, Compound, un autre protocole de prêts et d'emprunts, a subi une erreur d'oracle. Le prix communiqué par l'oracle de Coinbase, utilisé à l'époque, remontait au protocole que le prix du DAI était de 1,20 dollars pendant quelques secondes. Cette erreur a déclenché une cascade de liquidations pour les utilisateurs du protocole et la perte sèche de 88 millions de dollars.

Le protocole a depuis migré vers Chainlink, qui mixe les données d'une dizaine de sources afin d'afficher le prix le plus juste, là où l'oracle de Coinbase ne communiquait que son prix.

Ƀ Utiliser la DeFi

Maintenant que le gros du tableau est dressé, que peut-on faire dans la finance décentralisée afin de maximiser son capital crypto-monétaire ?

Échanger des actifs de manière décentralisée

Échanger des liquidités sans tiers de confiance grâce aux DEX, c'est le premier étage de la finance décentralisée. À l'aide d'un portefeuille du Web 3.0, type MetaMask, l'utilisateur de la finance décentralisée peut *swap* (« échanger ») de l'ETH contre de l'USDC, du LINK ou de l'UNI par exemple. Ces outils permettent de s'exposer à différents actifs sans ressortir de l'écosystème en direction des plateformes centralisées comme Kraken ou Binance. Ils rendent ce monde autonome, et souvent plus efficace en termes de liquidité que les plateformes centralisées, car les utilisateurs peuvent eux-mêmes fournir la liquidité aux plateformes. Grâce à des agrégateurs, comme ParaSwap ou 1inch, les utilisateurs peuvent comparer différents DEX pour obtenir les prix les plus intéressants.

Fournir de la liquidité à des protocoles

L'activité la plus accessible à tous est le fait de déposer ses cryptomonnaies sur des services tels que Compound ou Aave. En échange de ce dépôt, vous touchez un taux d'intérêt fluctuant en fonction de l'offre et la demande. Dans le calcul du rendement, les déposants et emprunteurs sur Aave reçoivent au prorata de leur possession des jetons de gouvernance AAVE et un pourcentage de l'actif déposé, toutes les minutes. Ces programmes d'incitation servent à attirer de nouveaux déposants en les rémunérant avec des *tokens* (dans notre exemple, des AAVE), ce qu'on appelle du *farming*.

Il est également possible de fournir de la liquidité aux protocoles comme Uniswap, et de récupérer les frais de transaction générés par les utilisateurs du protocole. Ce genre d'opération peut rapporter entre 3 % et 15 % par an en moyenne.

Jouer à la loterie et ne rien perdre

Le modèle de fonctionnement de la finance décentralisée modifie jusqu'au principe de base de la loterie. Avec le protocole PoolTogether, il est possible de jouer à une loterie et de remporter jusqu'à 100 000 dollars par semaine... sans risquer de perdre un centime. Plus vous déposez de DAI, plus vous avez de tickets et donc de chances de remporter la loterie.

Mais d'où sort l'argent gagné si chacun récupère sa mise ? Eh bien, vous allez déposer vos DAI pendant une semaine dans le *pool*. Pendant ce temps, vos DAI vont travailler sur divers protocoles de la DeFi et générer des intérêts. En effet, les DAI entreposés sont prêtés à des acteurs ayant besoin de liquidité et les intérêts générés servent à gonfler la cagnotte. C'est grâce à l'utilisation d'un *smart contract* qu'il est possible de rembourser tous les participants et de choisir au hasard un gagnant qui récupère les intérêts qui auront été générés avec les DAI de tous les participants.

Interactions avec le monde réel

On l'a vu, l'écosystème de la finance décentralisée est aujourd'hui totalement autonome dans ses actions et dans son fonctionnement, notamment grâce aux oracles. Mais cette autonomie pourrait laisser place à une fusion totale avec les actifs de la vie réelle et le monde de la finance centralisée. Les protocoles travaillent à la tokenisation des actions des sociétés, des biens immobiliers et même des biens de la vie courante. Cette capacité à transposer des actifs réels dans le monde de la finance décentralisée permettra une meilleure efficience des capitaux, qui ne seront plus immobilisés, ainsi qu'une meilleure traçabilité et transmission de ces derniers.

On peut imaginer faire un prêt sur une plateforme décentralisée avec un bien immobilier tokenisé en collatéral, afin de positionner son emprunt sur un DEX comme Uniswap et ainsi générer un rendement supplémentaire. Il faudra pour cela que la communication entre les actifs réels et les *smart contracts* soit parfaitement harmonisée et que la régulation s'empare de ces sujets afin d'encadrer cette activité.

Utilisation d'un actif physique pour l'obtention d'un prêt en cryptomonnaies

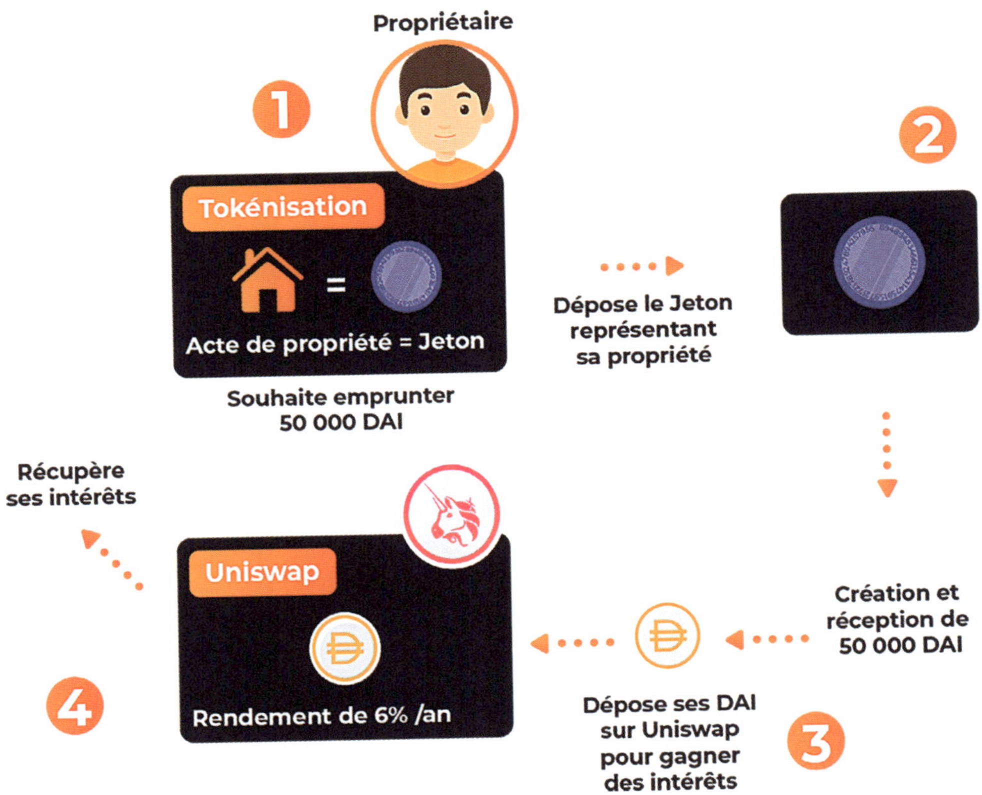

Source : Cryptoast

Les risques

Malheureusement, le monde de la finance décentralisée n'est pas sans risques. À l'heure où ces lignes sont écrites, nous sommes encore aux balbutiements de cet écosystème et la décentralisation des protocoles fait autant leur force que leur faiblesse.

En effet, ces plateformes décentralisées étant entièrement régies par des *smart contracts*, donc du code informatique, celles-ci ne sont pas infaillibles. De manière assez récurrente, des personnes malintentionnées parviennent à exploiter des failles dans les protocoles, et à subtiliser une partie ou l'entièreté des fonds stockés sur ces derniers. Les piratages sont monnaie courante dans le monde de la DeFi, et mettent en danger l'intégrité des fonds des utilisateurs des protocoles. Il existe même des sites spécialisés dans l'analyse de ces attaques. Ce site répertorie toutes les attaques liées à la finance décentralisée et dresse un tableau édifiant des pertes engendrées par les piratages de protocoles.

En parallèle, les équipes chargées de développer ces protocoles tentent évidemment de sécuriser au maximum leurs infrastructures. Elles font notamment appel à des entreprises spécialisées dans l'audit de *smart contract* afin de détecter des failles dans le code et les colmater avant la publication d'une nouvelle mise à jour. Cette méthode n'est pas infaillible et il est envisageable que des entreprises malintentionnées omettent de mentionner la présence d'une faille pour l'exploiter discrètement à l'avenir. Autre mesure de protection : certains protocoles comme Aave disposent d'une sorte d'assurance. Supposons que le protocole subisse un jour une attaque et que certains de ses utilisateurs perdent leurs fonds. Pour rembourser les utilisateurs lésés, Aave pourra immédiatement puiser dans son fonds d'urgence. Il existe également d'autres assurances décentralisées, qui peuvent être activées lors de la défaillance de certains protocoles, comme Unslashed Finance ou Nexus Mutual.

Autre risque conséquent : les arnaques. Il n'est pas rare que des personnes tentent de surfer sur la tendance de la finance décentralisée et de voler les fonds des utilisateurs de leurs plateformes. En effet, il est relativement simple de se baser sur une plateforme décentralisée et de sortir une pâle copie de cette dernière pour tromper les gens. Certaines personnes n'ont aucun scrupule à attirer des utilisateurs peu prudents en leur faisant miroiter des taux de rendements colossaux, pour ensuite disparaître avec la caisse. Dans l'industrie, on appelle cela un « tirage de tapis », ou *rug-pull* en anglais. Ainsi, si un protocole de la finance décentralisée

vous semble attractif, renseignez-vous en amont sur les personnes derrière le projet. Sont-elles anonymes ? Sont-elles impliquées dans des protocoles douteux ? Le sérieux du protocole est-il validé par la crypto-communauté ? Les taux d'intérêt proposés sont-ils acceptables ?

Vous l'aurez compris, le monde de la finance décentralisée est loin d'être complètement sécurisé. Cependant, certains acteurs présents depuis plusieurs années se professionnalisent et les institutions financières commencent à arriver.

CHAPITRE 7

LES JETONS NON FONGIBLES (NFT)

Fonctionnement et intérêts

Un jeton non fongible, appelé NFT en anglais pour *Non Fungible Token*, représente la propriété d'un actif numérique spécifiquement identifié. Du fait de son caractère unique, ce jeton peut parfois être assimilé à une œuvre d'art, et son créateur à un artiste. C'est l'inverse d'un bien fongible, qui est une chose « qui peut être utilisée et remplacée par une autre de même nature, de même qualité et en même quantité ». Quelque chose de fongible est interchangeable avec quelque chose qui a la même apparence, ce n'est donc pas unique.

Si on prend Bitcoin, chaque unité n'est pas spécifiquement identifiée par un numéro. Il peut donc être échangé contre n'importe quel autre bitcoin, 1 BTC vaudra toujours 1 BTC. (Nous n'entrons pas dans les détails, mais il est possible de distinguer les bitcoins entre eux en fonction de leur historique de transactions.)

Dans le cas d'un NFT, imaginons un jeton Cryptoast n° 142 : il ne sera pas le même que le jeton Cryptoast n° 173.

Différence entre un actif fongible et non fongible

Fongible

Ces deux crypto-actifs sont les mêmes, ils peuvent être interchangés sans que l'on voie la différence.

Non-fongible

Ces deux *tokens* ne sont pas les mêmes, ils possèdent leur propre valeur et leur propre utilisation.

Source : Cryptoast

Comment savoir si un jeton représente spécifiquement ce à quoi il est associé ? Parce que la plateforme et son créateur l'affirment. Tout comme un peintre qui signe son œuvre et une galerie d'art réputée, ou un expert qui la valide comme originale. L'avantage d'un NFT est que tout le monde peut vérifier son authenticité, qui le possède et tout son historique de détention, grâce à la blockchain.

Évidemment, il est possible de copier un NFT représenté par une image de manière très simple, mais cela ne sera qu'une copie et ne remplacera jamais l'original. Tout comme les copies du portrait de Mona Lisa, ces copies n'ont pas de valeur, ou moins que l'original. Seule une personne peut être en possession de l'original. Avec la transparence des blockchains, n'importe qui peut rapidement distinguer l'original d'une copie, mais aussi déterminer qui est le propriétaire actuel et qui a historiquement été en possession du NFT.

Un NFT a un identifiant unique appelé URI pour *Uniform Resource Identifier*, qui pourrait correspondre à l'URL d'un site web. Cet URI est rattaché à une image ou autre chose. Lorsque vous achetez un NFT, vous achetez un jeton qui correspond à un certificat d'authenticité d'un actif (une œuvre d'art par exemple) qui est stocké *on-chain* (sur la blockchain Ethereum par exemple). Lier l'URI à un site sur lequel est hébergée la représentation du NFT fait que, si le site disparaît, la représentation de votre NFT ne sera plus visible (par exemple, votre image ne sera plus affichée). En effet, stocker de lourds fichiers sur la blockchain est très coûteux et ces fichiers sont généralement stockés *off-chain*. Même si l'image disparaît, vous conservez toujours la propriété du *token*, mais ce dernier n'a plus de représentation visuelle. Nous prenons l'exemple de l'art, mais nous verrons par la suite que les NFTs peuvent représenter bien d'autres choses.

Des NFTs dont les métadonnées (images, textes...) sont stockées sur des plateformes centralisées comportent un risque de suppression ou de disparition. On peut rappeler la vente d'un tweet transformé en NFT qui a ensuite été supprimé.

Capture d'écran d'un tweet vendu sous forme de NFT qui a ensuite été supprimé de Twitter

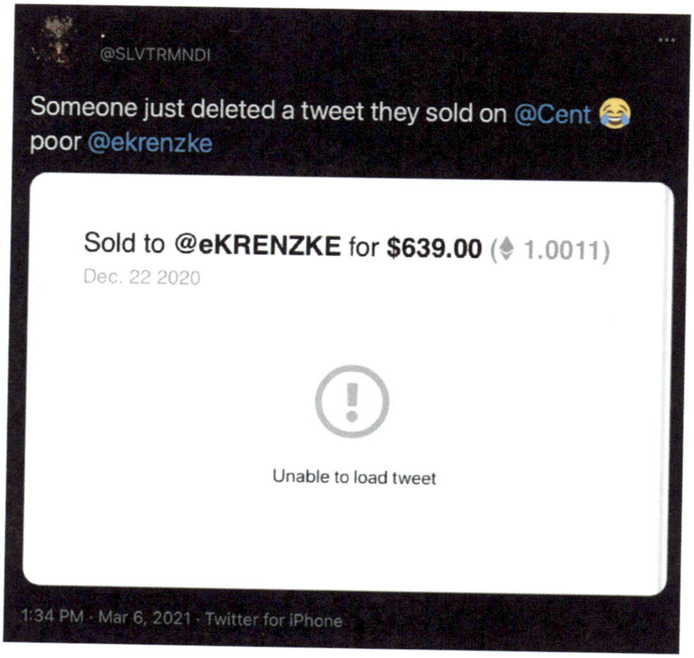

La méthode de stockage des métadonnées liées à un NFT est choisie par la plateforme ou par l'artiste qui crée le NFT. Si l'artiste choisit d'héberger l'image sur OpenSea ou Google Cloud et de ne pas utiliser de solutions décentralisées, alors il existe un risque de la voir disparaître si la plateforme ferme. Pour éviter cela, il est possible de pointer l'URI d'un NFT vers une solution de stockage décentralisée, comme IPFS qui ne peut pas être supprimée. Enfin, il est possible de stocker ces informations directement dans la blockchain Ethereum, mais cela peut coûter très cher.

Il est donc important de distinguer l'identifiant du NFT, qui est inaltérable et qui correspondrait à un numéro de série dans le monde réel, des métadonnées du NFT qui, selon la méthode choisie, peuvent être totalement ou partiellement altérées.

Pour récapituler, un NFT est créé par quelqu'un qui va signer sa création et la rendre inaltérable, car présente sur la blockchain (Ethereum par exemple). Le NFT a donc un identifiant unique et un propriétaire actuel qui peut être différent du créateur. Il est possible de connaître tous les propriétaires du NFT depuis sa création en explorant l'historique de la blockchain sur laquelle il est hébergé. Enfin, des métadonnées sont rattachées au NFT ; celles-ci, contrairement à l'identifiant, peuvent être altérées selon la façon dont elles sont stockées.

Pour en apprendre davantage sur les NFTs, vous pouvez consulter l'article dédié sur Cryptoast rédigé par Marine Debelloir : https://cryptoast.fr/non-fungible-token-nft-ou-token-non-fongible/

Brève histoire des NFTs

L'année 2021 marquera inévitablement la démocratisation des *tokens* non fongibles. Néanmoins, les premiers NFTs sont apparus il y a fort longtemps ; revenons un peu sur leur histoire.

Dès 2010, Hal Finney évoque la notion de stockage décentralisé et immuable grâce à la blockchain Bitcoin. La première cryptomonnaie alternative (*altcoin*) à la suite du Bitcoin voit le jour le 18 avril 2011. Son nom : Namecoin. Ce projet permet de maintenir des noms de domaine en .bit. C'est le précurseur d'*Ethereum Name Service* (ENS) sur le réseau Ethereum (voir plus bas).

Sur Bitcoin, des pièces colorées ou *colored coins* sont apparues à la suite d'une évolution technique concernant les transactions. Il était maintenant possible d'ajouter des métadonnées aux transactions Bitcoin. Ainsi, on associait quelque chose, un certificat représentant un autre actif, à une certaine somme ou fraction de bitcoins. Le terme « coloré » signifiait que cette fraction de BTC était associée à quelque chose de spécifique. Autre évolution des NFTs sur Bitcoin : Counterparty. Il s'agit d'un protocole construit au-dessus de Bitcoin qui permet la création et l'échange d'actifs divers et variés de manière simple. Counterparty est à l'origine du développement de nombreux jetons, notamment liés à l'art.

La majorité des NFTs sont actuellement présents sur d'autres blockchains, principalement sur Ethereum.

C'est en 2017 que de véritables NFTs voient le jour sur Ethereum, notamment à l'été 2017 avec l'arrivée des CryptoPunks. La collection regroupe 10 000 avatars uniques de personnages pixélisés, générés aléatoirement avec différentes caractéristiques préétablies.

Exemples de CryptoPunks

Puisqu'il s'agit de la première véritable collection de NFTs sur Ethereum, les prix de ces petits avatars s'envolent dès la fin de l'année 2020. Le prix moyen d'un CryptoPunk passe de quelques centimes à plus de 100 000 dollars. En mars 2021, deux CryptoPunks se sont vendus à plus de 7,5 millions de dollars pièce.

En septembre 2017, des développeurs d'Ethereum proposent de créer des jetons avec des caractéristiques communes, un nouveau standard de *tokens* : l'ERC-721. Approuvé par la communauté, il est aujourd'hui utilisé par la majorité des NFTs, et a définitivement aidé à leur démocratisation. CryptoKitties est l'un des premiers projets qui utilise le standard ERC-721 et lance le phénomène des NFTs en décembre 2017. Ce jeu permet de collectionner et de faire reproduire des chats uniques avec des caractéristiques spécifiques enregistrées sur la blockchain Ethereum. Pendant certaines périodes, le succès est tel que les transactions liées à CryptoKitties engorgent toute la blockchain Ethereum et font exploser les frais du réseau à la hausse.

Chats du jeu CryptoKitties

À la suite du phénomène des CryptoKitties, une multitude d'autres projets se lancent dans tous les domaines : art, jeu vidéo, mondes virtuels, immobilier, etc. La place de marché leader dans le domaine des NFTs, OpenSea, se lance au même moment, en décembre 2017. La plateforme traite régulièrement des volumes d'échange supérieurs à 100 millions de dollars par jour en 2021.

Une partie des informations contenues dans cette partie provient d'une très bonne rétrospective de Quentin De Beauchesne pour Ownest : https://ownest.io/news/nft-month-histoire-nft

Les cas d'usage

Les cas d'usage sont multiples et de nouveaux seront inventés dans le futur. On pense souvent à l'art comme premier cas d'usage car c'est le domaine qui a permis de populariser les NFTs. Il permet de rendre original quelque chose de numérique.

Un intérêt majeur des NFTs est la possibilité d'intégrer nativement des royalties, c'est-à-dire qu'à chaque vente, le créateur touche un pourcentage du montant échangé. Il est également possible de fragmenter des œuvres en milliers de morceaux, afin que plusieurs personnes partagent la propriété de l'œuvre. Cette méthode est souvent utilisée pour des œuvres communautaires, et rend l'art plus accessible. En outre, cela permet de mieux définir le prix d'une œuvre d'art, car celui-ci n'est pas fixé par un seul individu mais par une flopée de propriétaires.

Les jeux vidéo sont un autre cas d'usage pertinent pour les NFTs. Ils permettent plus de transparence et une réelle possession des objets au sein de ces univers. Ainsi, il est possible de savoir combien d'exemplaires d'un objet existe dans le jeu, qui les possède et les joueurs peuvent acheter, vendre ou s'échanger des objets entre eux. Des projets de métavers, ces mondes virtuels dont l'ancêtre est le jeu *Second Life*, utilisent également les NFTs pour rendre uniques et échangeables leurs composants.

La finance décentralisée utilise aussi les NFTs dans certains cas précis, comme pour des reconnaissances de dettes ou des preuves de possession. L'immobilier est l'un des secteurs dans lequel les NFTs pourraient simplifier les échanges et les transferts de « propriété » ou plutôt d'authenticité. On peut imaginer la création de NFTs qui correspondent à un ou plusieurs biens et qui s'échangeraient ensuite sur la blockchain. Ceux-ci pourraient donner le droit à un versement régulier d'un pourcentage des loyers perçus.

De manière générale, c'est le domaine de la certification de document qui est bouleversé. Plusieurs universités à travers le monde stockent les diplômes de leurs étudiants sur la blockchain sous la forme de NFTs. Cela évite considérablement les risques de fraude, et n'importe qui est en capacité de vérifier leur authenticité. Enfin, il est possible de prouver qu'un vêtement de luxe est bien l'original ou encore vérifier la provenance d'ordonnances médicales.

CHAPITRE 8

AUTRES USAGES DES CRYPTOMONNAIES

La tokenisation d'actifs

Nous l'avons déjà abordé : dans l'univers des blockchains, un *token*, littéralement un « jeton » en français, est le nom donné à un actif numérique. Un *token* peut représenter la valeur de cet actif, mais pas seulement, il peut aussi représenter la détention de droits ou de pouvoirs de vote sur la blockchain. Il est possible de presque tout tokeniser et n'importe qui peut lancer son jeton.

Les *tokens* servent à transférer de la valeur numériquement. Sans utiliser de *tokens*, quand vous envoyez un fichier numérique, celui-ci est copié, l'émetteur et le récepteur ont le fichier, la valeur est alors diluée. Avec l'utilisation de *tokens*, l'émetteur ne possède plus le fichier, il est alors possible de transférer de la valeur.

Dans cette partie, nous ne faisons pas la distinction entre *token* (jeton) et *coin* (pièce) que nous avons vu précédemment.

Que ces crypto-actifs soient des NFTs ou non, il va être possible de s'échanger numériquement des jetons représentant des brevets, certificats ou autres documents via Internet sans tiers de confiance, de manière plus simple et plus rapide.

Une autre innovation permise est la possibilité de segmenter des actifs physiques uniques en plusieurs morceaux numériques pour augmenter la liquidité de différents marchés. Nous l'avons vu précédemment avec l'art et l'immobilier, mais cela concerne aussi les actions boursières. Sur les marchés financiers traditionnels, il n'est pas possible d'acheter pour 100 euros d'une action dont la valeur unitaire est de 1 000 euros, car les actions sont indivisibles. Or, avec un *token* représentant la valeur de cette action, vous pouvez désormais acheter et échanger une fraction d'action. De nombreuses plateformes proposent d'ores et déjà des actions tokenisées, et le secteur se développe rapidement, puisqu'il permet aux petits portefeuilles d'investir plus facilement dans les marchés boursiers.

Néanmoins, il faudra toujours faire confiance à l'acteur qui importe ces actifs sur la blockchain. Il est indispensable que l'acteur possède les actifs qui sont tokenisés et il existe donc une certaine centralisation. Des plateformes dans la finance décentralisée permettent également de s'exposer à ce type d'actifs, comme Synthetix ou Mirror Protocol, sans dépendre d'un acteur central.

Avec la créativité des entrepreneurs, on peut penser que de nombreux projets encore inexistants verront le jour prochainement.

On pourrait par exemple imaginer la tokenisation d'une voiture autonome en 100 jetons. Chaque jeton conférerait alors un droit d'utilisation de la voiture, proportionnellement au nombre de jetons détenus. Chaque utilisateur transfère ses jetons au *smart contract* de la voiture pour avoir le droit de l'utiliser pendant un certain temps. La voiture va ensuite vendre ces jetons à un autre utilisateur sur une plateforme d'échange décentralisé contre d'autres jetons qu'elle utilisera automatiquement pour recharger ses batteries.

Ƀ L'émergence du Web 3.0

On estime qu'Internet dans les années 1990 jusqu'au début des années 2000 était le Web 1.0. C'est-à-dire qu'il n'y avait pas ou peu d'interactions possibles entre les utilisateurs. Dans la majorité des situations, il était juste possible de consulter du contenu sur les sites Internet. De plus, la difficulté et les coûts pour lancer son site Internet faisaient qu'il y avait peu de variétés sur Internet à cette époque. Le Web 2.0 apparaît avec le développement d'espaces dédiés aux commentaires, et surtout, avec les réseaux sociaux qui permettent aux utilisateurs d'Internet d'interagir ensemble. Le nombre de sites web a explosé au début des années 2000, mais une certaine centralisation s'est mise en place autour de sociétés comme Google, Amazon, Facebook, Apple, Microsoft, et de fondations comme ICANN. Avec l'émergence des GAFAMs, on s'éloigne de plus en plus de la vision originelle d'Internet.

Lorsque les services proposés par une quelconque plateforme sont gratuits, c'est qu'on est le produit : nous devenons la cible préférée des publicitaires. Le public accepte sans broncher ce système, car les services proposés sont très simples d'utilisation et paraissent complètement gratuits. Seulement, la majorité du public ne se rend pas compte à quel point ses données personnelles ont de la valeur. Le marché de la donnée personnelle était estimé à plus de 200 milliards de dollars en 2018. On voit donc la limite de ce Web 2.0. Au premier abord, il est très agréable d'utilisation, mais en y regardant bien, le modèle n'est pas pérenne pour tout le monde. Un des changements proposés par le Web 3.0 est d'être plus respectueux de la vie privée.

L'objectif du Web 3.0 est de créer un Internet qui fonctionne pour les gens et qui leur appartient (les gens retrouvent leur souveraineté), car ce sont eux qui choisiront (via des DAO et des votes) l'évolution des projets. Avec l'avènement du Web 3.0, l'architecture du Web change et passe d'un modèle opaque, où personne ne sait comment fonctionnent les algorithmes de Google ou Facebook, à un modèle transparent, *open source* et sans intermédiaires, c'est-à-dire décentralisé. Les cryptomonnaies seront une composante clé de cette nouvelle architecture du Web, l'objectif étant de faire évoluer Internet comme Bitcoin fait évoluer la monnaie. Les crypto-actifs et la technologie blockchain permettent de créer de nouveaux business models, alors que la publicité est l'un des moyens les plus utilisés du Web 2.0 pour faire de l'argent. On peut imaginer des créateurs de contenus qui lancent leurs propres *tokens*. Ces jetons seraient achetés par les fans ou les consommateurs de contenus afin de soutenir leurs créateurs préférés.

Voici des exemples concrets récapitulés dans le schéma ci-dessous :

Acteurs du Web2 et leurs « équivalents » dans le Web3

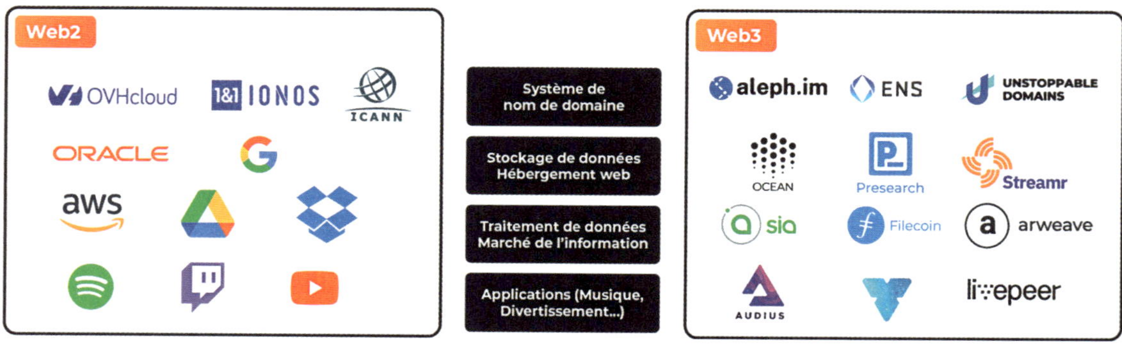

Source : Cryptoast

Twitch est aujourd'hui le leader incontesté du streaming de contenu en direct, notamment pour les jeux vidéo. Il n'hésite pas à bannir définitivement et sans recours possible des utilisateurs qui pourraient malencontreusement laisser quelques secondes d'une musique protégée par la propriété intellectuelle. Avec des plateformes décentralisées comme Theta, des créateurs de contenus pourraient aisément recevoir des royalties chaque fois qu'une de leurs musiques est utilisée par un streamer. Également, avec Theta, les spectateurs peuvent partager leur excédent de bande passante au réseau, pour héberger les diffusions en direct en échange de *tokens*. Cette plateforme décentralisée récompense aussi bien les diffuseurs que les spectateurs.

Le protocole Orchid propose un réseau privé virtuel (VPN) décentralisé. Orchid permet aux opérateurs de nœuds de son réseau de gagner des jetons en fournissant de la bande passante à d'autres utilisateurs via un marché décentralisé. De plus, un VPN classique peut très bien conserver les données de ses utilisateurs et les revendre comme bon lui semble. Puisque les outils centralisés sont opaques, il est quasi-impossible de savoir véritablement ce que deviennent les données des utilisateurs, alors que la protection de ces dernières est le fonds de commerce d'un VPN.

Des projets comme Ocean Protocol, Streamr et Numerai développent quant à eux des plateformes d'achat et vente de données, où chacun peut partager et monétiser ses données. Ces dernières sont un élément fondamental de la manière dont la valeur est stockée et transférée sur Internet. Et ici, l'utilisateur a le choix de partager et de monétiser ou non ses données.

Aujourd'hui, les noms de domaines sont gérés par l'ICANN, une fondation américaine qui n'est pas tout à fait neutre politiquement. C'est notamment pour cette raison que certains noms de domaines peuvent être censurés ou fermés, comme celui de WikiLeaks. Avec la tokenisation, il est possible de faire une gestion de noms de domaine de façon décentralisée comme le propose le protocole *Ethereum Name Service* (ENS).

Avec le Web 3.0, il est possible de reprendre le contrôle sur les contenus qu'on diffuse et de mieux les monétiser. Vos publications sur les réseaux sociaux ou sur des blogs pourraient vous rapporter des revenus en cryptomonnaies plutôt que d'enrichir des plateformes centralisées.

Les organisations autonomes décentralisées (DAO)

Nous l'avons déjà évoquée dans les chapitres précédents, une DAO peut être décrite comme un protocole blockchain *open source* gouverné par un ensemble de règles, élaborées par ses membres. Cette structure décentralisée évolue en fonction des discussions, des votes et des décisions de ses membres. Les règles d'une DAO peuvent être incorporées dans un *smart contract*, qui s'exécute de lui-même en fonction du comportement des participants.

Ceux-ci ne sont pas contraints par un contrat à caractère juridique, mais plutôt incités par des récompenses distribuées sous forme de cryptomonnaies. Cela les encourage à collaborer vers un objectif commun afin que ces cryptomonnaies prennent de la valeur.

Afin d'attirer le financement nécessaire au fonctionnement d'une DAO, un protocole peut émettre des *tokens* de gouvernance aux investisseurs. Ces *tokens* représentent non seulement une marque d'appartenance à la DAO, mais confèrent surtout des droits de vote nécessaires pour apporter des changements au protocole ou encore des récompenses. Comme nous l'avons vu à la fin du chapitre 5, d'autres protocoles choisissent de faire un *airdrop*, c'est-à-dire d'envoyer de manière gratuite des *tokens* aux personnes ayant déjà utilisé leur service.

Fonctionnement d'une DAO (Organisation autonome décentralisée)

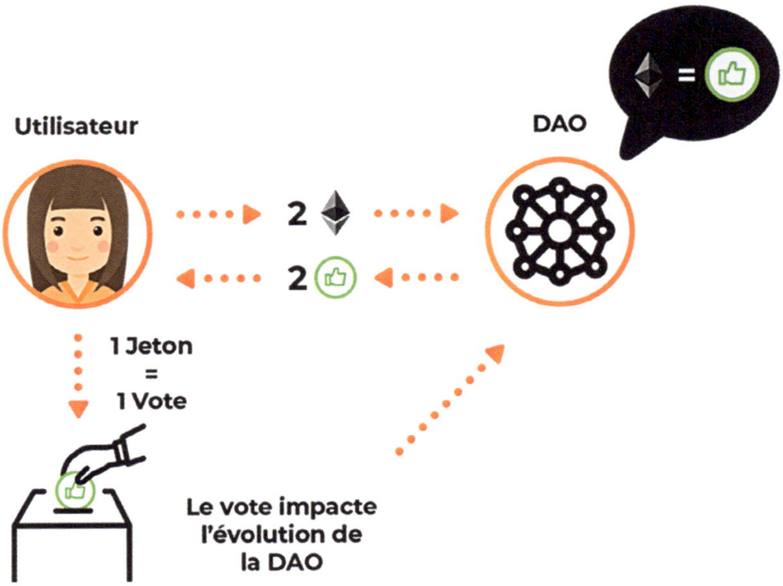

Source : Cryptoast

Lorsqu'un protocole du Web 3.0 est régi par une DAO, une personne ou entité ne peut pas prendre une décision unilatéralement. Toute modification du protocole sera préalablement soumise au vote de la communauté, et celle-ci pourra, avec ses *tokens*, décider si oui ou non la modification doit être appliquée.

Les DAO redonnent le pouvoir aux utilisateurs, et ceux-ci peuvent contester n'importe quelle décision. Il est également possible de voir, de manière transparente, quel a été le vote de telle ou telle adresse. En effet, les *tokens* sont liés à des adresses qui peuvent être liées publiquement à une identité ou un pseudonyme.

Pour le moment, il est constaté qu'un très faible nombre de détenteurs de *tokens* utilise leurs droits de vote pour participer à la vie des DAO. Ainsi, certaines organisations autonomes décentralisées ne sont « dirigées » que par quelques membres, ce qui peut poser problème.

Certaines solutions sont développées pour inciter davantage les possesseurs de *tokens* de gouvernance à utiliser leur droit de vote.

L'identité décentralisée (DID)

Une identité décentralisée permettrait d'utiliser un seul et même compte pour se connecter à toutes les plateformes sur le Web. C'est l'une des composantes principales du Web 3.0. Cela est rendu possible par le développement de la cryptographie : chiffrement, clés privées, clés publiques, signatures, etc.

Actuellement, lorsque vous vous inscrivez sur des plateformes, il est à chaque fois nécessaire de créer un nouveau compte et vous multipliez vos données personnelles. Vous utilisez donc un mot de passe, une adresse mail associée, et parfois même des justificatifs d'identité pour vous connecter. Google, Facebook ou France Connect permettent toutefois d'utiliser un compte existant pour s'identifier ailleurs. Ces solutions sont simples d'utilisation, mais nous ne savons pas ce que deviennent nos données et augmentent notre dépendance à ces acteurs. De plus, ce système est relativement bancal. En octobre 2021, une panne générale des services Facebook s'est produite. Des millions d'utilisateurs à travers le monde qui avaient recours à l'utilitaire de connexion de Facebook se sont retrouvés dans l'incapacité de se connecter à une multitude de services, pendant près de six heures.

Notons également qu'il n'existe pas de standard à grande échelle pour gérer des données personnelles de manière sécurisée, même si différents projets s'y intéressent comme le World Wide Web Consortium (W3C). Les données sont segmentées et ne bénéficient qu'aux plateformes comme Facebook ou Google qui arrivent à en rassembler des quantités importantes pour les faire fructifier de diverses manières.

Pour mettre en place une identité décentralisée, il faut réunir trois éléments.

Tout d'abord, **un identifiant** qui se compose d'une suite de caractères alphanumériques rattachée à une entité : personne ou entreprise par exemple. La gestion de ces identifiants se fait via un portefeuille numérique. On peut le comparer aux portefeuilles utilisés dans l'écosystème des cryptomonnaies, qui permettent de se connecter à nos adresses associées et d'interagir avec de nombreuses applications décentralisées.

Différentes possibilités de connexion d'un portefeuille à Uniswap

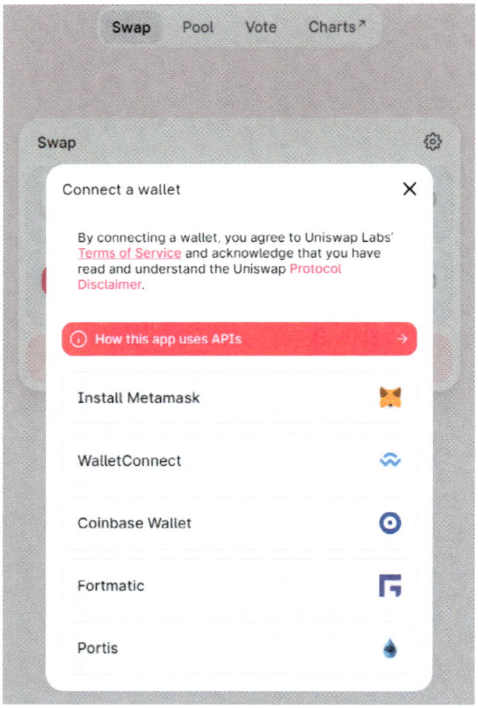

Des références vérifiables seraient ensuite attachées à cet identifiant numérique par des entités chargées de s'assurer de leur véracité : le diplôme que nous avons obtenu, notre permis de conduire, notre dossier médical, etc. Plus besoin de les télécharger, les scanner, les envoyer à chaque nouvelle inscription.

Enfin, tout cet ensemble doit accueillir un mécanisme de **preuve à divulgation nulle de connaissance** ou *zero-knowledge proof* (ZKP). Ceci permet numériquement de prouver la validité d'une déclaration, sans en montrer la preuve. Par exemple, il est possible de prouver qu'on est majeur, sans avoir à dévoiler sa date de naissance. Cela permet d'éviter de divulguer trop de données personnelles et de limiter les risques de vol ou d'utilisation de celles-ci. Composant essentiel quand on sait que tout ce qui est inscrit sur une blockchain publique est consultable par tout le monde. Ce principe est certainement le plus complexe à mettre en place.

Pour en savoir plus sur le *zero-knowledge proof* : https://cryptoast.fr/zero-knowledge-proofs-zkp-principe-applications/

Quels sont les risques ? Qui dit décentralisation et gestion de ses propres données dit grandes responsabilités. Si vous perdez les accès à votre identité numérique, impossible de la récupérer. Il n'y a pas de bouton pour récupérer un mot de passe oublié avec un portefeuille numérique. Plusieurs protocoles travaillent à l'élaboration de solutions permettant tout de même de récupérer l'accès à son identité, notamment via la biométrie. Mais en dehors de ça, si ce modèle est un jour adopté à grande échelle, il faudra toujours être prudent en ce qui concerne les mouvements de vos données. Qui souhaite les récupérer ? Pour quoi faire ? Seront-elles vendues à votre insu à des entités externes ? Avec la transparence de la blockchain, il serait théoriquement très simple de suivre les mouvements de données.

Enfin, le risque d'un piratage n'est pas exclu. Dans une telle situation, le pirate pourrait avoir au même endroit toutes les informations nécessaires pour usurper avec une extrême facilité l'identité de quelqu'un d'autre. Pour Vitalik Buterin, créateur de la blockchain Ethereum, le secteur de l'identité décentralisée sera l'un des piliers de l'univers blockchain à l'avenir. Toutefois, il précise que les défis à relever sont gigantesques et que l'adoption d'un tel modèle à grande échelle ne sera pas une mince affaire.

Pour en apprendre davantage sur les identités décentralisées : https://cryptoast.fr/identites-numeriques-decentralisees/

CHAPITRE 9

LES FRANÇAIS DANS LES CRYPTOMONNAIES

Échange et sécurisation de crypto-actifs

Hormis quelques exceptions comme Pierre Person, Jean-Michel Mis ou anciennement Laure de La Raudière, peu de nos politiques et élus s'intéressent réellement au secteur des cryptomonnaies. Peut-être est-ce parce que notre pays est fortement ancré dans une culture bancaire ?

Malgré cela, les Français sont très bien représentés dans l'écosystème des cryptomonnaies et de la blockchain comme nous allons le voir.

Nous l'avons déjà évoqué dans le livre, c'est un Français, Mark Karpelès qui a repris en 2011 la plus importante plateforme d'échange de bitcoins de cette époque Mt. Gox. Même si l'histoire s'est mal terminée en février 2014, Mark Karpelès aura à jamais marqué l'histoire des cryptomonnaies.

paymium

Le 16 août 2011, Pierre Noizat et Gonzague Grandval fondent Bitcoin-Central, aujourd'hui connu sous le nom de Paymium. Il s'agit de la plus ancienne plateforme d'échange de bitcoins encore en activité en Europe. Qui sait ce qu'aurait pu devenir cet *exchange* si la France avait été un plus rapide à s'ouvrir à l'industrie des cryptomonnaies ? Fait intéressant : Pierre Noizat faisait partie de la liste d'emails ayant reçu le *whitepaper* de Bitcoin de la part de Satoshi Nakamoto en octobre 2008.

Cofondateur de la Maison du Bitcoin et de Ledger, Éric Larchevêque est également un pionnier du secteur. La Maison du Bitcoin était la première boutique en France, située à Paris, qui permettait de se procurer des bitcoins et d'autres cryptomonnaies de manière physique. La société s'est ensuite renommée Coinhouse.

Entouré notamment de Nicolas Bacca, Larchevêque fonde Ledger en 2014. Leader mondial dans la fabrication et la vente de portefeuilles physiques, ces petites clés USB qui sécurisent les cryptomonnaies, Ledger est un mastodonte du secteur. Il cède la direction de l'entreprise à Pascal Gauthier en 2019.

ACINQ

ACINQ est une société qui développe des solutions sur Bitcoin, notamment sur Lightning Network via son portefeuille Phoenix et ses nœuds. Créée en 2014, elle a reçu un investissement de la part de Bpifrance et d'autres investisseurs pour un montant d'environ 8 millions d'euros. Cette entreprise composée majoritairement d'ingénieurs français est très technique et travaille sur la scalabilité de Bitcoin.

paraswap

ParaSwap est un outil qui agrège les prix des différents DEX, les plateformes d'échange décentralisées. Il permet de trouver la meilleure plateforme pour réaliser un échange entre deux cryptomonnaies de manière totalement décentralisée et sécurisée. Ce protocole analyse les différents taux proposés par chacune d'elles pour proposer le plus intéressant à l'utilisateur. Créée par Mounir Benchemled, la start-up ParaSwap a levé 5,7 millions de dollars auprès d'investisseurs notables du milieu tels que CoinGecko ou encore Alameda Research.

Des développeurs talentueux

La France est un important vivier d'ingénieurs de talent et ce n'est pas étonnant de voir de nombreux développeurs français dans des projets de cryptomonnaies. On trouve notamment sur Bitcoin :

- Nicolas Dorier : il développe la solution **BTCPay Server**, une alternative décentralisée aux solutions de crypto-paiement comme BitPay qui peuvent refuser d'effectuer des transactions.
- Julien Guitton : il a fondé **Condensat**, une société qui développe des logiciels liés à la cryptomonnaie. L'objectif de cette entreprise est de créer un logiciel basé sur le réseau Bitcoin, qui permet à n'importe qui de devenir sa propre banque. Son équipe travaille également en collaboration avec des banques et des institutions financières pour améliorer leur gestion des crypto-actifs.
- Romain Rouphael : il a développé **LN Markets**, une plateforme de trading de produits dérivés sur le réseau Bitcoin. La plateforme utilise la couche du Lightning Network pour permettre d'accéder au marché de manière instantanée et décentralisée.

Beaucoup d'autres développeurs indépendants ou amateurs travaillent sur ce réseau comme Alexis Gaubert, Lounès Ksouri, Jonathan Serra, Antoine Poinsot, Bastien Teinturier, Kevin Loaec, Alexandre David...

Sur le réseau Ethereum, on retrouve encore plus de Français avec notamment Mounir Benchemled, fondateur de **ParaSwap**, ou encore Abdelhamid Bakhta, développeur principal d'Ethereum.

D'autres projets liés au Web 3.0 et à la finance décentralisée sont portés par des Français comme **Aleph.im**, fondé par Jonathan Schemoul, dont l'objectif est de proposer de nombreux services liés au Web décentralisé. On peut aussi citer le jeu vidéo **Cometh** avec

Vincent Le Gallic et Jérôme de Tychey. Ce jeu permet de combiner différentes choses rendues possibles par Ethereum comme la finance décentralisée et les *tokens* non fongibles. Jimmy Ragosa et Clément Lesaege travaillent dans l'entreprise française **Kleros**, qui cherche à créer un tribunal décentralisé. Des litiges sont arbitrés par les utilisateurs de Kleros qui reçoivent les preuves de chaque partie avant de choisir le « gagnant ».

De la même manière que sur Bitcoin, de nombreux Français travaillent sur Ethereum. On peut citer Hadrien Charlanes, Marc Zeller, Sajida Zouarhi, Julien Bouteloup, Pascal Tallarida et bien d'autres.

D'autres entreprises à succès

Kaiko, créée par Pascal Gauthier et dirigée par Ambre Soubiran, est devenue la référence de la fourniture de données à propos des actifs numériques. De nombreuses entreprises du secteur de la finance font appel à leurs services. Ces données sont en temps réel ou historiques et proviennent de plus de cent plateformes d'échange centralisées ou décentralisées.

Autre entreprise très convoitée dans le secteur : **Blockchain Partner**, dirigée par Claire Balva et Alexandre Stachtchenko. Cette société qui accompagne de nombreux acteurs institutionnels pour développer des projets de cryptomonnaies et blockchain rejoint le géant de l'audit KPMG en mars 2021.

Le secteur des *tokens* non fongibles, ces jetons avec des propriétés uniques, compte également une forte présence française, notamment avec **Sorare**, qui a réalisé la plus grosse levée de fonds de la French Tech en septembre 2021 en récoltant 680 millions de dollars.

Carte à collectionner créée par Sorare
https://www.sorare-fc.com

Une somme colossale qui valorise l'entreprise à plus de 4,3 milliards de dollars. La start-up parisienne fondée en 2018 développe un jeu avec des cartes de joueurs de football à collectionner, un mélange entre les cartes Panini et le jeu Mon Petit Gazon, à la différence qu'il implémente la technologie blockchain.

The SandBox, fondé par Sébastien Borget, est un projet de métavers hébergé sur « la blockchain » dans lequel le contenu est développé par les joueurs. Des parcelles de terrain de ce monde virtuel sont vendues et les propriétaires peuvent ensuite les customiser en laissant libre cours à leur imagination. Tous les éléments présents dans SandBox sont des NFTs et appartiennent véritablement à leurs détenteurs, contrairement à d'autres jeux vidéo.

Des cas d'utilisation avec des NFTs dans le monde réel sont développés par la société **Ownest**. Cette dernière permet d'améliorer la traçabilité dans la logistique des entreprises. En utilisant la blockchain Polygon, des NFTs sont échangés entre les différents acteurs de la chaîne d'approvisionnement lorsque la marchandise passe de main en main, jusqu'à sa livraison chez le client, ce qui permet de limiter les pertes ou les vols de marchandises.

Dans un style un peu différent, on retrouve **Woleet** qui utilise le réseau Bitcoin comme base de données inviolable pour enregistrer des informations, comme des certificats, des diplômes ou des fichiers, grâce à une signature numérique. Son fondateur Gilles Cadignan décrit Woleet comme un DocuSign sur Bitcoin. Kering a utilisé la solution Woleet pour certifier ses montres de luxe Ulysse Nardin.

On retrouve également une certaine présence française dans le secteur du minage. **Just Mining**, société créée par Owen Simonin *alias* Hasheur, développe des solutions d'investissement liées à la sécurisation des blockchains. Différents types de produits sont proposés à la fois sur Bitcoin, Ethereum et de nombreuses autres cryptomonnaies.

Feel Mining, entreprise grenobloise présidée par Chloé Desenfans, développe également des solutions similaires. On retrouve la vente et la location de machines pour miner du Bitcoin mais aussi des placements en cryptomonnaies.

Il est bien évidemment impossible de citer tous les projets français du secteur, tant ils sont nombreux. Dommage qu'une part importante de ces Français se soit expatriée pour développer plus facilement leurs sociétés et avoir un accès simplifié à différents services comme l'ouverture de comptes bancaires.

CHAPITRE 10

UN PEU DE PROSPECTIVE

Les États interdisent les cryptomonnaies

C'est une hypothèse peu envisagée, mais plausible. Les États pourraient avoir peur de perdre leur souveraineté monétaire et choisir d'interdire le Bitcoin et les cryptomonnaies. Comme nous l'avons vu dans le chapitre 2, les arguments – quoique essentiellement non fondés – ne manquent pas : blanchiment d'argent, pollution, utilisation excessive d'énergie, financement du terrorisme ou encore une fuite des capitaux.

Bitcoin a été conçu pour se protéger puisqu'il s'agit d'un réseau décentralisé pair à pair, non censurable et non contrôlable par quelques entités. Cette cryptomonnaie a été créée pour exister en dehors des systèmes financiers classiques. De nombreuses conditions devraient être réunies pour pouvoir l'interdire.

Tout d'abord, il faudrait que la plupart des pays se mettent d'accord entre eux sur le sujet. Cela pourrait s'avérer compliqué quand on sait l'intérêt qu'ont certains pays à accueillir les adeptes de Bitcoin. Cependant, il ne faut pas penser que cela est impossible. Les pays les plus influents du globe se mettent souvent d'accord sur certaines réglementations. Les États qui ne se conformeraient pas à cette réglementation pourraient subir des sanctions économiques.

Certains États ont déjà interdit le Bitcoin, comme les pays en rouge ci-dessous :

Perception du Bitcoin par les États

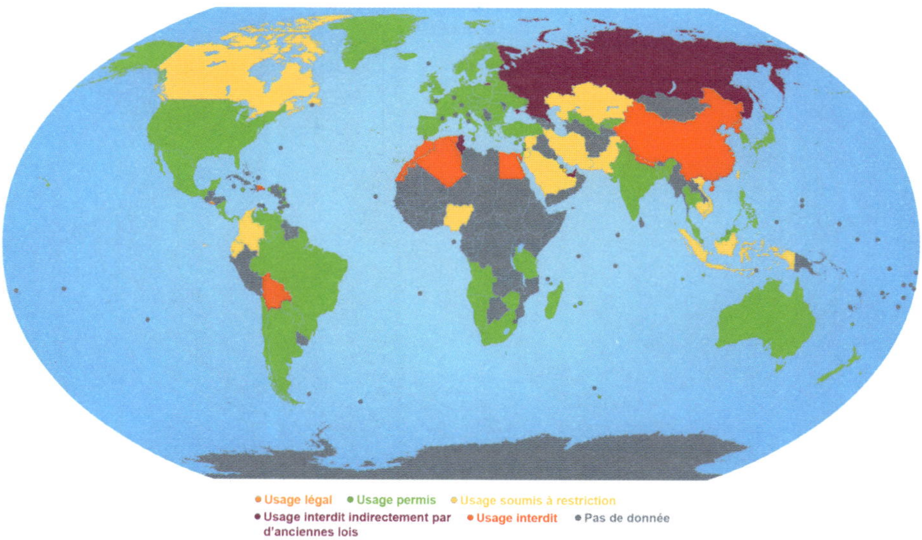

Source : https://en.wikipedia.org/wiki/Legality_of_bitcoin_by_country_or_territory#/media/File:Legal_status_of_bitcoin.svg

on y trouve l'Algérie, l'Égypte, le Maroc, le Nigéria, la Bolivie, le Népal ou encore la Chine. Cette dernière n'ayant tout de même pas interdit la détention de cryptomonnaies par ses citoyens.

Toutefois, ces interdictions ne semblent pas avoir l'effet escompté. Plus d'un tiers de la population du Nigéria posséderait des cryptomonnaies, et près de 5 % des transactions mondiales en bitcoins proviennent de ce pays[1]. La plupart des pays qui ont banni Bitcoin ont vu une explosion de l'utilisation de celui-ci.

Il faut rappeler qu'une interdiction de ce type s'est déjà produite avec l'ordre exécutif 6102 aux États-Unis. Les Américains avaient interdiction de posséder de l'or entre 1933 et 1974 car, d'après les autorités, il mettait en péril la stabilité économique du pays. On estime qu'à peine 20 % de l'or détenu par la population a été remis au gouvernement américain et le prix de l'or a fortement augmenté à la suite de cette mesure.

Plutôt qu'une interdiction pure et simple, des méthodes détournées pourraient freiner l'acquisition et l'utilisation des cryptomonnaies. Les États pourraient s'en prendre aux plateformes d'échange, aux mineurs ou aux entreprises qui permettent le stockage ou le commerce de cryptomonnaies. Les mesures de vérification d'identité pourraient être renforcées pour décourager entreprises et particuliers. Des outils de surveillance de la blockchain pourraient également être utilisés pour catégoriser les transactions suspectes et empêcher le dépôt des cryptomonnaies incriminées sur certaines plateformes. Cela ne rendrait que plus compliqué l'accès à ces actifs pour les populations, mais ne signerait pas pour autant leur arrêt de mort. Il est davantage probable que les cryptomonnaies soient considérées comme de l'argent espèce et donc qu'elles soient contrôlées de la même manière : limite de paiement jusqu'à un certain montant sans avoir à vérifier son identité.

Les États pourraient tenter de prendre le contrôle du réseau et de le détruire. Notamment grâce à une attaque via le minage de Bitcoin. Une coalition d'États pourrait se procurer le matériel ou réquisitionner les mineurs afin de réaliser une telle attaque. Des adresses pourraient être placées sur liste noire lorsqu'elles seraient utilisées via des services anonymes ou par des personnes jugées « dangereuses ». L'idée serait de contrôler la majorité de la puissance du réseau pour choisir les nouveaux blocs ajoutés à la chaîne. Ainsi, les mineurs ne valideraient que les transactions qui ne proviennent pas d'adresses sur liste noire.

1. www.francetvinfo.fr/monde/afrique/economie-africaine/le-bitcoin-fait-une-percee-au-nigeria-devenu-le-troisieme-pays-utilisateur-de-cryptomonnaie-dans-le-monde_4357161.html

Les cryptomonnaies sont adoptées partout

À l'instar du Salvador, certains États choisiront peut-être d'adopter une cryptomonnaie en tant que monnaie nationale. Probablement des pays avec une situation similaire : le Salvador a abandonné en 2001 sa monnaie nationale, le colon salvadorien, puis adopté le dollar américain. Depuis, ce pays est donc tributaire de la politique monétaire des États-Unis, de ses coûts et de ses réglementations bancaires. Ainsi, seulement 30 % de la population du Salvador est bancarisée en 2021. De plus, d'après son président Nayib Bukele, l'usage de Bitcoin pour les transferts d'argent pourrait faire économiser 400 millions de dollars de frais bancaires aux habitants.

D'autres pays pourraient choisir d'utiliser Bitcoin et des cryptomonnaies pour lutter contre l'hégémonie du dollar américain dans les échanges internationaux.
En 2019, plus de 40 % des paiements internationaux étaient libellés en dollars et soumis à l'extraterritorialité du droit américain.

Qu'est-ce que l'extraterritorialité du droit américain ?

Les institutions américaines peuvent poursuivre en justice tout individu ou entreprise n'ayant aucun lien avec les États-Unis, mais ayant utilisé le dollar pour des échanges jugés frauduleux. De nombreux exemples jalonnent notre histoire. Parmi ceux-ci, l'une des affaires les plus connues concerne la banque française BNP Paribas, condamnée à verser 8,9 milliards de dollars en 2015 pour avoir utilisé le dollar dans des transactions avec des pays sous embargo américain (Cuba, Iran, Soudan, etc.).

Pour se libérer de ce poids, les pays soumis à des sanctions pourraient opter pour une utilisation des cryptomonnaies à grande échelle et en faire un atout économique majeur. La Chine, en avance sur le développement de sa monnaie numérique, prendra-t-elle un avantage considérable sur les États-Unis et verra-t-elle son yuan numérique fortement utilisé dans les échanges mondiaux ?

Toutefois, l'adoption du Bitcoin par un État ne lui permet pas de récupérer sa souveraineté monétaire, car il ne peut pas gérer les règles d'émission de ladite cryptomonnaie. Cela le prive donc d'un levier important de sa politique économique. Par exemple, il ne pourrait plus faire en sorte que la masse monétaire varie pour répondre aux problèmes conjoncturels et pour améliorer sa compétitivité internationale. Les pays qui dévaluent leurs monnaies exportent plus facilement, mais ne permettent pas à leur population d'importer à prix attractifs. La gestion de la masse monétaire en circulation est le levier principal pour déterminer la valeur de sa monnaie. Les économies des pays étant dynamiques et différentes les unes des autres, il est essentiel pour un État d'ajuster ces variables pour atteindre son objectif à l'international. À titre d'exemple, la Chine a pratiqué pendant de nombreuses années la dévaluation compétitive de sa monnaie pour doper ses exportations internationales et cette stratégie lui a permis de s'ériger aujourd'hui comme l'une des plus grandes puissances économiques du monde.

L'utilisation du Bitcoin permettrait une meilleure transparence de l'utilisation des taxes et des impôts, car toutes les transactions sont traçables. Cela pourrait permettre de regagner une partie de la confiance des citoyens. Cependant, si la volatilité du cours du Bitcoin ne diminue pas, il est peu probable qu'il soit utilisé dans l'économie, car il ferait supporter à cette dernière un risque de change majeur (si j'achète une voiture pour 1 bitcoin et que le lendemain, la même voiture en vaut 2 ou inversement).

Ne pouvant plus bénéficier d'un accès aux crédits avec des taux d'intérêt proches de zéro voire négatifs, ou encore de politiques de relance accommodantes de banques centrales, un certain nombre d'entreprises disparaîtrait, entraînant avec elles de nombreuses pertes d'emploi. Ces faillites pourraient être bénéfiques et essentielles pour le système économique afin que les ressources et les capitaux soient alloués de manière plus efficace. Les faillites sont quelque chose de normal dans l'économie pour repartir sur des bases plus saines. Dans une société dont la monnaie serait Bitcoin, il ne pourrait pas y avoir d'investissement sans épargne, car il n'est pas possible de créer de la monnaie *ex nihilo*.

Le passage d'un monde endetté comme jamais à un système d'étalon Bitcoin, par exemple, provoquerait une crise très importante. Cependant, cela pourrait être bénéfique pour le système financier qui deviendrait plus stable sur le long terme, sans ou avec moins de cycles économiques.

Le Bitcoin est un actif rare, désinflationniste, car sa quantité découverte (minée) diminue au fil du temps. Un système désinflationniste ne serait pas forcément mauvais, il serait plutôt logique de pouvoir se procurer des biens de moins en moins chers compte tenu de l'évolution technologique et des nouveaux moyens de production. Il faudrait alors répercuter cette baisse des prix sur les salaires, car si les revenus d'une entreprise « diminuent », mais que les salaires des employés restent les mêmes, une faillite se profile. Les gens auraient probablement du mal à concevoir cela, même si leur pouvoir d'achat et leur niveau de vie augmenteraient.

Le plus gros défaut du modèle désinflationniste serait pour les emprunteurs qui verraient le poids de leur dette augmenter de jour en jour. Il faut savoir que dans l'économie autrichienne, qui a inspiré la création de Bitcoin, les économistes sont contre une monnaie unique et pour une concurrence entre différentes monnaies.

Bitcoin se centralise

Alors que le Bitcoin et les cryptomonnaies prônent la décentralisation, il existe un risque que cette révolution soit accaparée par une poignée d'acteurs. En effet, quelques milliardaires ou organisations bénéficiant « d'argent magique » (argent créé *ex nihilo* par les banques) pourraient l'utiliser pour se procurer bitcoins et cryptomonnaies à n'importe quel prix. Cependant, ils ne pourraient se procurer que les bitcoins qui sont mis en vente sur le marché. En novembre 2021, plus de 50 % des bitcoins n'avaient pas bougé depuis au moins un an, réduisant les chances qu'un tel événement se produise.

Pourcentage des bitcoins restés inactifs depuis au moins un an

Source : https://studio.glassnode.com/metrics?a=BTC&category=&m=supply. ActiveMore1YPercent&s=1441065600&u=1633996799&zoom=

La vente massive de crypto-actifs auprès de quelques entités pourrait précipiter une centralisation des pièces en circulation. Pour le moment, nous en sommes assez loin. D'après le site Bitcoin Treasuries, en novembre 2021, les entreprises traditionnelles ayant investi dans Bitcoin possèdent 0,9 % des bitcoins en circulation[1]. Selon BitInfoCharts, les cent adresses avec le plus de bitcoins possèdent moins de 20 % de tous les bitcoins en circulation[2]. Une partie de ces bitcoins sont perdus ou appartiennent au créateur (Satoshi Nakamoto) qui n'y a jamais touché. De plus, parmi ces adresses, on retrouve des acteurs évoluant dans le monde des cryptomonnaies comme des fonds d'investissement (Grayscale), des plateformes d'échange telles que Binance ou Coinbase, mais aussi des entités qui s'occupent de sécuriser les cryptomonnaies d'entreprises et de particuliers comme BitGo. Elles pourraient devenir les banques de demain, voire les futurs géants du numérique, avec le risque que des dérives apparaissent. Rappelons qu'une même entité ou personne peut posséder plusieurs adresses et qu'une adresse peut gérer les bitcoins de plusieurs individus comme le font les plateformes d'échange ou les fonds d'investissement.

1. https://bitcointreasuries.net/
2. https://bitinfocharts.com/top-100-richest-bitcoin-addresses.html

Bitcoin est piraté

Il existe plusieurs risques de piratage ou de compromission du réseau Bitcoin.

L'attaque des 51 % comme nous l'avons vu précédemment, en est un. Une entité, comme un État par exemple, pourrait arriver à prendre le contrôle de plus de 51 % de la puissance de calcul du réseau Bitcoin. Cette entité serait alors en capacité de miner des blocs vides, d'effectuer des transactions en double ou de choisir les transactions à intégrer dans les blocs minés. En effet, si une seule entité contrôle plus de la moitié de la puissance du réseau, elle peut prendre des décisions concernant la chaîne de manière unilatérale.

L'une des solutions, pour contrer, consisterait à *forker* le réseau pour en créer un nouveau dans lequel une variable d'ajustement serait mise en place afin d'empêcher le contrôle par une seule entité.

Autre risque pour le réseau Bitcoin : **l'ordinateur quantique**. Il pourrait déjouer la sécurité des clés privées, et plus généralement, de la cryptographie asymétrique. Bitcoin pourrait s'adapter en changeant son algorithme pour le rendre résistant à l'ordinateur quantique. Dans le cas où un ordinateur atteindrait la suprématie quantique (sa puissance de calcul surpassant définitivement celle des supercalculateurs classiques), Bitcoin serait certainement le dernier de nos soucis. Les centrales nucléaires, réseaux bancaires ou encore réseaux de télécommunication seraient plus à risques.

Pour en savoir plus sur l'ordinateur quantique et les cryptomonnaies, vous pouvez consulter notre article dédié : https://cryptoast.fr/ordinateur-quantique-fin-bitcoin/

Enfin, si Internet venait à être coupé ou à subir **une panne géante**, le réseau Bitcoin resterait tout de même utilisable, car ce n'est que de l'information qui est échangée. Ainsi, il est possible de faire des transactions via satellites, avec notamment ceux de la société Blockstream, mais aussi via du morse, ou via des ondes radio grâce au projet Locha Mesh[1].

Plus on attaque Bitcoin et plus il se renforce, il est souvent comparé à un champignon qui s'adapte à son environnement.

1. https://cryptoast.fr/bitcoin-crypto-blockchain-fonctionne-sans-internet/

CONCLUSION

Vous pensez avoir tout compris au Bitcoin et aux cryptomonnaies ? Vous avez tort.

Nous n'avons fait qu'effleurer le haut de l'iceberg, avancé d'un pas dans le terrier du lapin blanc.

Les cryptomonnaies permettent de se plonger dans beaucoup d'autres domaines : mathématiques, finance, économie, sociologie... Elles sont à la croisée de tous les chemins. La première d'entre elles, Bitcoin, est une combinaison très ingénieuse de mathématiques, de cryptographie, d'économie et de sociologie. Tout s'emboîte parfaitement pour que l'ensemble fonctionne de manière harmonieuse, sans besoin de confiance.

Il est en effet impensable de parler de cryptomonnaies sans y associer les idées fondatrices de Bitcoin : décentralisé, ouvert à n'importe qui, transparent et respectueux de la vie privée. Bitcoin n'est fonctionnel que depuis 2009, les autres cryptomonnaies sont encore plus récentes. Il reste tout à construire car les cas d'utilisation actuels sont extrêmement limités. Qui aurait pu imaginer en 1997 ce que nous pourrions faire aujourd'hui sur Internet ?

Ces innovations vont révolutionner le monde financier dans les années à venir, et les entreprises privées et les gouvernements vont essayer de se les approprier. Les Français sont d'ailleurs très bien représentés dans l'écosystème des cryptomonnaies. Pourtant, nos élus et politiques ne s'y intéressent que peu, associant ces innovations au blanchiment d'argent, à l'achat de produits illicites sur le *darknet* et au financement du terrorisme. Il est dommage de voir nos entrepreneurs, ingénieurs et développeurs migrer vers d'autres pays plus ouverts à ce sujet. Allons-nous, de la même manière qu'avec le Minitel, rater le virage des cryptomonnaies ?

Pour vous tenir informé des dernières nouveautés et plonger davantage dans l'univers crypto, rendez-vous sur cryptoast.fr

LEXIQUE

Achat récurrent (ou DCA pour *Dollar Cost Average*) : achat automatique de cryptomonnaies à une fréquence choisie.

Adresse : suite de chiffres et de lettres. Équivalent du RIB pour les cryptomonnaies.

***Airdrop* :** distribution gratuite de cryptomonnaies, souvent en récompense d'actions effectuées sur certaines applications décentralisées (DApp).

Application décentralisée : également appelée DApp pour *Decentralized Application*, c'est l'assemblage de contrats intelligents permettant la création d'applications distribuées et répliquées sur un grand nombre d'acteurs.

Arbitrage (réaliser un) : profiter d'un écart de prix entre deux plateformes d'échange.

Attaque des 51 % : modification d'une blockchain par un acteur qui possède la majorité de la puissance de validation d'un réseau.

Bloc : groupe de transactions vérifiées et horodatées.

Blockchain (chaîne de blocs) : registre regroupant tous les blocs du plus ancien au plus récent depuis la création du réseau ; il est protégé grâce à la cryptographie.

Clé privée : sorte de mot de passe qui permet de débloquer ses bitcoins et de signer un message qui prouve que l'on est l'émetteur de la transaction.

Clé publique : code qui permet à n'importe qui de vérifier que la transaction provient bien de la clé privée associée.

***Coin* (ou pièce) :** cryptomonnaie qui utilise sa propre infrastructure.

Collatéralisation : montant immobilisé permettant de recevoir un pourcentage de ce dernier en cryptomonnaies. Par exemple, j'immobilise l'équivalent de 100 euros en ETH pour recevoir 50 euros en DAI.

Consensus : moyen qui permet aux participants d'un réseau pair à pair (nœud) de se mettre d'accord sur l'état des transactions dans le registre, la blockchain.

Contrat intelligent (ou *smart contract*) : programme ou code informatique qui ne nécessite pas l'intervention d'un intermédiaire pour s'exécuter selon des conditions préétablies.

Création monétaire *ex nihilo* : argent créé par les banques commerciales en accordant des crédits.

Cryptomonnaie : actif numérique qu'on utilise et qu'on échange sur Internet.

Cypherpunk : de *cipher*, « chiffrement », et *punk*, terme lié à la contestation. Individu rebelle qui lutte pour la protection de la vie privée.

DAO (*Decentralized Autonomous Organization*) : organisation autonome et décentralisée. Ses membres prennent des décisions en votant, le poids de leur vote étant souvent proportionnel au nombre de jetons qu'ils détiennent.

DeFi (*Decentralized Finance*) : finance décentralisée, système financier ouvert, sans intermédiaires et accessible à n'importe qui sans discrimination.

DEX (*Decentralized Exchange*) : plateforme d'échange décentralisée. Vous pouvez effectuer des échanges tout en conservant le contrôle de vos cryptomonnaies. Exemple : Uniswap. A contrario, un CEX est une plateforme centralisée. Exemples : Binance, Coinhouse...

Étalon or : système monétaire où la monnaie est basée sur l'or.

***Exchange* :** plateforme d'échange de cryptomonnaies.

Fongible : caractère d'une pièce de monnaie qui a la même apparence et la même valeur qu'une autre.

Github : plateforme collaborative sur laquelle les développeurs partagent du code et travaillent sur des projets.

***Halving* :** le fait que le nombre de nouveaux bitcoins créés à chaque bloc est divisé par deux tous les quatre ans.

***Hard fork* :** mise à jour importante. Si elle est implémentée sans que la majorité des acteurs ne l'approuve, elle entraîne la création d'une nouvelle blockchain avec sa propre cryptomonnaie.

***Hash* :** empreinte numérique qui permet d'identifier une donnée.

***Hashrate* :** nombre de calculs résolus, souvent exprimé par seconde.

ICO (*Initial Coin Offering*) : se rapproche fortement de l'introduction en bourse d'une société.

IPO (*Initial Public Offering*) : introduction en bourse qui consiste dans la vente d'actions ou de titres d'une société au grand public.

KYC (*Know Your Customer*) : vérification d'identité.

***Layer 2* :** deuxième couche qui s'appuie sur le réseau principal et sécurisé par ce dernier.

Lightning Network : protocole *open source* permettant des paiements instantanés pair à pair, pouvant être de très faibles valeurs et quasiment gratuits.

Livre blanc : document expliquant le fonctionnement d'une cryptomonnaie.

***Mempool* :** endroit où les transactions sont mises en attente avant d'être incluses dans un bloc.

Mineurs : participants du réseau qui s'occupent d'ajouter les blocs de transactions dans la blockchain.

MNBC (monnaie numérique de banque centrale) : version exclusivement numérique des monnaies fiat.

Monnaie fiat : monnaie imposée en tant que cours légal par un gouvernement.

Monnaie scripturale : monnaie écrite dans un compte en banque ou monnaie électronique (chèques, virements, cartes bancaires).

Monnaie fiduciaire : billets, papiers, pièces d'une monnaie à qui on confère de la valeur alors qu'elle n'en a pas physiquement.

NFT (*Non Fungible Token*) : jeton non fongible, qui représente la propriété d'un actif numérique spécifiquement identifié.

Nœud : réseau pair à pair qui sécurise la blockchain d'une cryptomonnaie car il détient une copie de l'historique de toutes les transactions.

***Open source* :** dont le code est librement consultable et améliorable par tous.

Oracle : acteur qui fournit des données externes aux applications décentralisées.

Phrase de récupération (*seed phrase*) : méthode pour mémoriser sa clé privée avec une suite de 12 ou 24 mots.

PoS (*proof of stake*) : preuve d'enjeu. Un utilisateur de la cryptomonnaie est sélectionné au hasard pour sécuriser le réseau. Système basé sur le nombre de cryptomonnaies possédées et engagées pour sécuriser le réseau.

PoW (*proof of work*) : preuve de travail. Utilisée par Bitcoin, elle permet de déterminer la personne (le mineur) qui produira le bloc. Système basé sur la puissance de calcul.

PSAN : statut obligatoire pour une entreprise souhaitant proposer l'échange et la conservation de crypto-actifs en France.

Scalabilité (passage à l'échelle) : maximum de transactions qu'il est possible d'effectuer en simultané, souvent exprimé par seconde.

Signature : système par lequel on prouve que l'on a réalisé la transaction.

***Smart contract* :** voir Contrat intelligent.

***Soft fork* :** modification du protocole qui n'entraîne pas la création d'une autre blockchain.

***Stablecoins* :** cryptomonnaies qui répliquent la valeur d'un autre actif et qui sont adossées, ou plutôt garanties, par celui-ci.

***Token* (ou jeton) :** cryptomonnaie basée sur un réseau déjà existant.

***Wallet* :** portefeuille qui vous permet d'utiliser vos cryptomonnaies.

ZKP (*zero-knowledge proof*) : « preuve à divulgation nulle de connaissance ». Mécanisme qui permet de divulguer quelque chose sans montrer autre chose. Exemple : prouver qu'on a le permis sans montrer sa date d'obtention.

TABLE DES MATIÈRES

Remerciements

Nous tenions à remercier les personnes qui nous ont aidés pour la réalisation de cet ouvrage grâce à leurs éclairages et leurs relectures : Bruno Collin, Ludovic Lars, Akli Le Coq, Marc Zeller, Quentin Demé et Lounes Ksouri.

Crédits des illustrations :
Photographies
© Shutterstock sauf : p. 26 : Une du Times du 3 janvier 2009 ; p. 28 : www.reddit.com/r/Damnthatsinteresting/comments/bafjw4/worthless_currency_litters_the_street_in_venezuela/ ; p. 149 : https://www.sorare-fc.com.
Dessins et infographies
© Gurvan Lecointre : p. 33 ; p. 35 ; p. 36 ; p. 41 ; p. 44 ; p. 48 ; p. 49 haut et bas ; p. 50 ; p. 63 ; p. 64 ; p. 66 ; p. 83 ; p. 97 ; p. 99 ; p. 102 ; p. 107 ; p. 113 ; p. 115 ; p. 118 ; p. 122 ; p. 132 ; p. 134.

© Alain Boyer : p. 16 ; p. 17 ; p. 32 ; p. 54 ; p. 57 ; p. 58 ; p. 67 ; p. 146 ; p. 15.

Photogravure : Chromostyle
Imprimé en Espagne par MACROLIBROS, SL
Dépôt légal : avril 2022
329310/02 – 11051146 – mai 2022